妾屋昼兵衛女帳面八

閨之陰謀

上 田 秀 人

幻冬舎時代小説文庫

妾屋昼兵衛女帳面八

閨之陰謀

目次

【主要登場人物】

山城屋昼兵衛　大名旗本や豪商などに妾を斡旋する「山城屋」の主。
大月新左衛門　昼兵衛が目をかけている元伊達藩士。タイ捨流の遣い手。
菊川八重　仙台藩主伊達斉村の元側室。
山形将左　昼兵衛旧知の浪人。大店の用心棒や妾番などをして生計を立てている。
海老　江戸での出来事や怪しい評判などを刷って売る読売屋。
和津　吉野家の飛脚。武術の心得あり。
四条屋　京に本店を置く妾屋。
徳川家斉　徳川幕府第十一代将軍。
林出羽守忠勝　家斉の寵愛を受けている小姓組頭。
坂部能登守広吉　林出羽守が引き上げた南町奉行。
三浦屋四郎左衛門　吉原の新しい惣名主。
粗界坊　修験の修行を積んだ年若い僧侶。
界全坊　修験の修行を積んだ年若い僧侶。
左膳　武士の体をした謎めいた男。
嶋屋佐助　豪商。山城屋の帳面を狙う。
坂玄蕃　仙台藩伊達家の江戸家老。

第一章　帳面の値

一

火事と喧嘩《けんか》は江戸の華。

赤城山《あかぎさん》からの空《から》っ風《かぜ》、江戸湾からの海風に晒《さら》されている江戸の町は、火事に弱い。江戸中が燃えた振り袖火事ほどの大惨事はそうそうないが、それでも町内一つが丸焼けになるくらいの火事は、毎年のように江戸のどこかで起こっている。

火事に慣れる。

決していいことではないが、江戸の民は火事からの立ち直りが早い。燃えた直後、黒こげになった家を前に頭を抱えている者も、数日で再興に向けて動き出す。

個人だけではない。商人も職人も火事の被害を回復する術に長《た》けている。商人は火の及びにくい深川《ふかがわ》に、大量の木材を貯蔵しており、大工は手慣れた動きで、家を建てる。江戸は火事に見舞われて三日目には、槌音《つちおと》を響かせる。

吉原《よしわら》の手によって火を放たれた諸国口入れの山城屋《やましろや》は、燃え落ちてから一月《ひとつき》近く経《た》つが、未《いま》だに、再建の様子はなかった。

さすがに火事場の後片づけはすんで、焦げ臭い匂いも消えているが、新しい材木の用意も、職人たちの手配もまったくされていなかった。

「どうしたんだろうねえ」

「山城屋さんは、ご無事だったはずだけど」

近隣の住人が顔を見合わせた。

「地主は誰だっけ」

「うちと一緒だから、表通りの嶋屋《しまや》だよ」

「嶋屋が、高いことを言っているんじゃねえか」

「挨拶金をせびるくらいはしそうだねえ」

口々に近隣の者が悪く言うのは、このあたりの地面のほとんどを持っている嶋屋佐助《さすけ》という豪商のことだ。金持ちの割に強欲だと評判は良くない。

「馬鹿だねえ。こんな辻《つじ》の奥まったせせこましいところ、妾屋《めかけや》でもなきゃ借り手なんぞ、いやしねえのに」

「目先の金に目がくらむからさ」

近隣の者の悪口は尽きなかった。

その噂されている当事者たちは、嶋屋の客間で顔を合わせていた。

「どうだい。帳面を売る気になったかい」

嶋屋佐助が問うた。

「ご冗談を。代々つなげて参りました暖簾《のれん》を、妾屋でもないお人に売り渡すなどとんでもない」

山城屋昼兵衛《ちゅうべえ》が首を横に振った。

「なら、土地を返してもらうことになるねえ」

意地悪く嶋屋が述べた。

「誰に頼まれました」

淡々とした表情で昼兵衛が訊《き》いた。

「おかしなことを言うね。浅草《あさくさ》で有数の地主と知られた嶋屋が、いったい誰の指示を受けるというんだ」

　嶋屋の口調がきつくなった。

「さて、妾屋の帳面なんぞ、欲しがるお方は少ないので、思いつくのは、四条屋《しじょうや》さんか、相模屋《さがみや》さんあたりの同業者ですがね。妾屋の帳面は売りに来ない限り、欲しがらないというのが決まりごと。無理強《むりじ》いで買い取ったりしたら、同業者から弾《はじ》かれます。それを知らないとなると……」

　昼兵衛が嶋屋を見た。

「なんだい……」

　嶋屋が、昼兵衛の目つきに、少し腰を退《ひ》いた。

「金儲《かねもう》けじゃございませんね」

「……………」

「嶋屋さんを使い走りにできるほどのお方だ。十分な金をお持ちでござんしょう。もっとも金持ちほど、さらに小判を欲しがると言いますが……」

　黙った嶋屋に昼兵衛が続けた。

「武士の身分をご希望でございますか」

「そんなもの、ちょっと金を出せば、向こうからくれるわ」

嶋屋が鼻先で笑った。

武家が天下の主《あるじ》であったのは、三代将軍家光《いえみつ》のころまでであった。泰平になったおかげで戦がなくなり、働き場を失った武士の身分と生活は固定された。対して、明日があると確実に感じられるようになったことで、庶民は贅沢《ぜいたく》になった。いいものを身につけ、うまいものを喰《く》う。庶民に広まった贅沢が、武家の質素を駆逐するのにときは要《い》らなかった。増収の手だてを失った武家の生活が、贅沢に耐えられるはずもなく、数十年で借財を持たない者はまずないと言える状況にまで落ちた。

力こそ天下だったのから金の天下に代わった。

だが、天下は幕府が押さえている。金があろうがなかろうが、身分というものは変わらない。どれだけの金持ちであろうとも、商人は武家に頭を下げなければならないのだ。金を借りに来た三十俵の御家人を大店《おおだな》の主人が見送りに立つ。これが身分の垣根であった。

金ができれば、名誉が欲しくなる。そこに頭の働く武士が目を付けた。商人から借りた金を棒引きにする代わりに、家臣として召し抱える。もちろん、家臣にするとはいえ、家中での格は低い。さすがに足軽ではないが、下級からせいぜい中級止まり。

これで、商人たちが喜んだのも八代将軍吉宗《よしむね》のころまでであった。武士の身分をもらったことで、いっそうの差を知らされたのだ。

武家のなかにも格があった。家禄による差、なによりも重代の家臣か、新参かという格の差は大きかった。

そして金を遣《つか》って武士になった商人をがっかりさせたのは、成り上がり者というさげすみであった。

「金で身分を買った」

はるかに格下の者も、商人から武士に変わった身分の者を侮蔑する。そして、それを払拭《ふっしょく》できない。払拭すれば、武士の身分を買った己を否定することになる。それが身分というものであり、格式なのだ。

これを否定すれば、武士の身分を買う意味がなくなる。

では、どうすればいいのか。家中のさげすみを買わず、武士として家中で重きをなすための手段、それを金持ちたちは探した。

そして行き着いた先が、藩主一族の外戚となることだった。

外戚とは、藩主一族を産んだ女の係累である。理想を言えば、娘を側室に差しだし、子を生ませられればいいのだが、そううまくはいかない。娘を藩主公が気に入るかどうかわからない。借金棒引きで娘を側室に押しこむことはできるだろうが、寵愛《ちょうあい》を受けるかどうかは別のものなのだ。男は気に入っていない女でも抱けるが、当然、通う回数は寵愛の女に比して格段に落ちる。となれば、子供を望むのは難しい。いかに藩の財政を握っている豪商といえども、藩主公の閨《ねや》にまで口出しはできない。

そこで妾屋が出てくるのだ。

妾屋には、大名、旗本から側室候補斡旋《あっせん》の依頼が来る。主君の好みの容姿を指定して、用人《ようにん》などが妾を求める。これは、跡継ぎなしは断絶という幕府の決まりに対抗するためであった。

昨今、幕府はかなりこの決まりを緩くしている。かつてのように急死して、後継者の指名がなされていなければ、徳川の一門でも遠慮なく取りつぶすということはなくなった。

領地の減封《げんぽう》、転封《てんぽう》などの罰則をつける代わりに、末期《まつご》養子を認める。どころか、死んでいるとわかっていても病気療養中との偽りを許し、その間に世継ぎ決定をさせる。

だが、これも幕府の機嫌次第であった。幕府に睨《にら》まれている大名であれば、昨今の流れを無視して、厳しい処断にならないとは限らない。

もちろん、大名には正室がいる。格の似た大名や旗本から輿《こし》入《い》れしてきた姫が正室になっているが、子供のころから大切に育てられたため、蒲柳《ほりゅう》の質である場合が多い。子供を産むどころか、閨ごとにさえ耐えられないこともある。事実、名君と讃《たた》えられている上杉鷹山《うえすぎようざん》の正室は、家付き姫だったが、その体軀《たいく》は幼女のごとくであり、身長も三尺（約九十センチメートル）をわずかにこえるくらいしかなく、終生夫婦の交歓はなかったと言われている。

子供が生まれれば、長男でなくとも正室の腹から出た男子が嫡男になる。これは決まりであった。しかし、正室が子を産まなかったときは、早い者勝ちであった。

女が子を産むのに必須な条件は二つ。一つは、まず男から寵愛を受けること。もう一つが身体健全なことである。

寵愛を受ける好みの容姿、そして子をなんなく産める健康。この二つを兼ね備えた女を探すのは、かなり難しい。

その点で、妾屋は便利であった。妾屋には何人もの女が登録してあり、その容姿から性格、病の有無はもちろんのこと、月経の周期まで把握されているのだ。

「背が高く、乳は小さく、尻は大きな色白な女を」

こういった細かい注文でも、妾屋はすぐに応じられる。

どれほどの大店が金を遣っても、妾をやってもいいという女を探し出すことさえ難しい。そこに細かい条件が加わっては、お手上げするしかない。

妾屋の独壇場であった。

「どなたさまでございますかね。お大名さまの外祖父になりたいなどと、分不相応な望みをお持ちのお方は」

もう一度、昼兵衛は問うた。

「……おまえがそれを言うか」

嶋屋が不機嫌な声を出した。

「尾張《おわり》さまの一門扱いを受けているだろう。きさま」

「自慢してはおりませんがね」

指摘された昼兵衛が苦笑した。

歴史ある妾屋独特の褒賞ともいうべきがこれである。

大名の要望に応じて斡旋した女でも、妾屋が親元になるのが決まりであった。これは、どこの誰ともわからない女を藩主公のもとへあげるための方便である。妾屋が親元となることで、女の安全を保証する。当たり前だが、妾屋はそれだけの信用がなければならなかった。その信用は一年や二年でできるものではない。何代にもわたって出入りを続けて、ようやく得られるものである。

信用は得るのも難しいが、維持するのは、その数倍困難なのだ。ちょっとしたことで、十年の信用を崩す。とくに妾は突き詰めていけば、男女の仲になる。痴話《ちわ》喧嘩をすることだってある。妾という立場を理解し、男の要望をうまく受け入れられる女でなければ、すぐに問題を起こす。女を容貌だけで選ぶような妾屋は潰《つぶ》れる。妾屋を続けるには、賢い女を世話できるだけの実力が、女を見抜く目が要った。

その代償が、藩主公の寵愛深い側室の親元という余得であった。もし、その寵姫《ちょうき》が男子を産めば、親元は藩主一族の外戚に変わる。

「黙って、帳面をお渡しなさい。それが、おまえの身のためだよ。ちょうど店も焼けてなくなったし。そろそろ隠居してもいいだろう」

要求を繰り返した嶋屋が、脇に置いていた袱紗《ふくさ》包みに手をかけた。

「百両ある。これだけあれば、生涯遊んでくらせるだろう」

嶋屋が切《き》り餅《もち》四つを出した。

一両あれば、四人家族が一カ月余裕で喰える。百両は一人暮らしならば、そうとうの贅沢をしなければ、十年以上生活できるだけの金であった。

「おふざけは、それまでにしていただきましょう」

鼻先で、昼兵衛が笑った。

「妾屋の帳面を、百両そこらで買い取ろうなぞ、ものを知らないにもほどがございますよ。わたくしが帳面を持っていけば、四条屋さんなら、黙って一箱出してくれまする」

一箱とは千両のことだ。

桁《けた》が違うと昼兵衛は、あきれてみせた。

「千両、法外すぎよう。たかが妾屋の帳面ではないか」

「嶋屋さん。あなたも商人ならば、わかりましょう。ものの値段は、売るほうと、買うほうの価値観が一致しないと決まらない。売り手が少なく、買い手が多いと、当然、値段は跳ね上がりまする。山城屋が受け継いできた顧客の名簿と、わたくしが吟味した女たちの詳細。千両でも安い。浅草で名の知れた嶋屋さんの名前を落とすだけでございますよ。帳面が欲しければ、直接ご本人が、千両箱を一つ以上持って、お顔を出してください。ご依頼のお方に、山城屋がそう言っていたとお伝えください」

昼兵衛が断じた。

「では、ごめんを」

「ま、まだ話は終わっていないぞ。このまま帰るなら、あの土地は返してもらう」

立ち上がりかけた昼兵衛を嶋屋が制した。

「わかりませんかねえ。わたくしが席を立った理由を。他の場所を探すためでございますよ。あの土地はこちらからお断りで。店子《たなこ》を売り飛ばすような大家のもとに高い賃料を払って居続ける馬鹿なんぞいませんよ」

昼兵衛がさげすみの眼差《まなざ》しで嶋屋を見た。

「な、なんだと」

嶋屋が顔を真っ赤にした。

「お持ちの土地を早めに売られたほうがよろしいかと。こちらから、嶋屋さんの対応を広めて回るなどはしませんがね、なぜ帰ってこないのかと御近隣の方が気にしてくださったときに、理由をお知らせすることになりましょう。それがどうなるか。噂となって浅草中に知れたところで、世間話ですから、家主さんといえども止められませんな」

「脅す気か」

「ご冗談を。わたくしは事実を申しあげるだけで」

怒る嶋屋に、昼兵衛は手を振った。

「……もう、おまえに土地や建物を貸す者は、この浅草にはいない。廃業するしかないぞ。そうとわかってからだと、帳面など二束三文だ。今のうちに……」

「しつこいお方だ。よほど、後ろにおられるお方が怖いと見える」

言いつのる嶋屋に、昼兵衛が表情を固くした。

「…………」

嶋屋が黙った。

「今までのおつきあいで申しあげますが、これ以上かかわりになられないほうがよろしゅうございますよ。妾屋は天下の陰。どこでどう繋《つな》がっているか、わかりませんから。尾張さまだけじゃございません。老婆心まで」

昼兵衛が忠告した。

「あと、今までお得意さまとしておつきあいいただいておりましたが、本日をもちまして、出入りは遠慮させていただきまする。今後、妾のご用命は余所《よそ》さまへお願いします。まあ、出入りの店から縁を切られた顧客を、他の妾屋が相手にすることなどございませんがね」

決別を表明して昼兵衛は、嶋屋の前から去った。

二

嶋屋を出た昼兵衛に、山形将左《やまがたしょうざ》が近づいた。

「遅かったの」

「お待たせをいたしました」

心配した山形将左に、昼兵衛が軽く頭をさげた。

「話は……」

「決裂いたしました」

昼兵衛が告げた。

「ほう」

「帳面を売って、隠居しろなどと申しましたよ」

口の端を昼兵衛がゆがめた。

「嶋屋が妾屋をすると」

「まさか、そこまで賢い男じゃございませんよ。先祖代々受け継いだ土地の賃貸料で生きているだけで、表看板の商売は左前。地代がなければ、とっくに店を潰してましょう」

妾屋は、女だけでなく、顧客のことも調べあげる。妾屋にとって本当の意味での客は男ではなく、女なのだ。女を守るのが、妾屋の仕事である。表だって見えるところだけで、女に客を紹介していては、たいへんなことになる。店は派手にやっているが、内情は火の車で、妾への手当も滞る。あるいは、嗜虐《しぎゃく》な性癖があり、女を傷つける。こんな客を紹介したら、女は二度とその妾屋を使わない。それだけではない。妾という特殊な立場を選ぶ女たちは、独自のつきあいを持っていることが多い。あの妾屋は駄目だという噂が流れれば、女たちが仕事を依頼しに来なくなる。女のいない妾屋など、米の尽きた飯屋同然、客を失う。

「では、誰かが後ろで山城屋を狙っていると」

「はい。もっともそこまでは、さすがにまだわかってませんがね」

昼兵衛が歩き出した。

「海老《えび》に調べさせるか」

進んでいる方向で、山形将左は目的地を当てた。

「さようで。ちょっかいかけてきた人には、火傷《やけど》をさせてあげなきゃいけません。火遊びは、女相手にするものと教えてあげるのも、妾屋の仕事」

昼兵衛がうなずいた。

「待ち合わせは、味門《あじと》でよいか」

「けっこうでございますよ。お願いできますか。わたくしは、先に行って小座敷を押さえておきますので」

確認した山形将左に、昼兵衛が述べた。

「たしかに昼時だ。話をするなら座敷がよかろう」

首肯《しゅこう》した山形将左が、足を速めて昼兵衛から離れた。

味門は、浅草の表通りを一つ入ったところにある煮売り屋である。もともとは主人の出身である長門《ながと》を店名にしていたが、その味が評判となり、味の長門屋から転じて、味門となった。痩《や》せた主人とふくよかな女将《おかみ》の二人でやっているこぢんまりした店だが、いつも客でにぎわっていた。

「小座敷を貸してもらえるかい」

赤地に味門と染め抜いた暖簾を潜《くぐ》った昼兵衛が女将に頼んだ。

「はい。ちょうど空《あ》いてございますよ」

女将が、店の奥へと案内した。

庶民を相手に食事と酒を提供している味門である。小座敷などといった洒落《しゃれ》たものは一つしかない。厨房《ちゅうぼう》よりも奥にある四畳半ほどの小座敷は、他の客から確実に離れられ、話の内容を聞かれる恐れはなかった。

「料理は山形さまと海老さんが来るから、それからで」

「はい。今日は鱚《きす》のいいのが入ってますよ。塩焼きか、天ぷらどちらでも」

白湯《さゆ》を出しながら、女将がお勧めを口にした。

「それはいいね。二人の顔を見てから揚げてもらおうか。他に酒と煮物、佃煮《つくだに》を適当に出しておくれ。飯は酒が終わってから湯漬けでね」

「承りました」

注文を聞いた女将が、厨房へと下がっていった。

白湯が冷める前に、山形将左と海老が来た。

「お呼びだそうで」

海老が座る前に訊いた。

「山形さま……」

「なにも話してはおらぬさ。説明は山城屋からがよいだろうと思ってな」

目で問うた昼兵衛に、山形将左が答えた。

「はい」

余分なおしゃべりをしない。これも用心棒として重要な素質である。山形将左は、昼兵衛の手札として強力な一枚であった。

「まあ、座っておくれ。あまり気分のいい話ではないから、一杯やりながら話そう。悪いが、勝手に注文はすませたよ」

「けっこうだ」

「ごちになりやす」

山形将左と海老が座敷に腰を下ろした。

「お待ちどおさま」

見ていたかのように、女将が酒と佃煮、煮物を持ってきた。

「勝手にやってください」

昼兵衛は、そう言うと、己の盃《さかずき》に酒を注《つ》いだ。

「遠慮なく」

「いただこう」

海老と山形将左も膳に手を伸ばした。

「……ということなんでございますよ」

昼兵衛は、天ぷらが来る前に話を終えた。

「馬鹿でやすねえ。嶋屋は」

佃煮を口に入れた海老があきれた。

「妾屋がどんなものか知らないわけじゃないでしょうに」

「知っていても、断り切れない相手が絡んでいるんだろうねえ」

昼兵衛が相づちを打った。

「調べてくれるかい」

紙入れから昼兵衛は、小判を五枚取り出した。

「……こんなに」

「落魄《らくはく》しかけているとはいえ、浅草で指折りの地主嶋屋を使えるやつを相手にするんだ。かなり難しいことになるだろうし、命の危険もある。これくらいは当然だろう」

驚く海老に、昼兵衛が言った。

「和津《わっ》さんの力を借りても」

「ああ。和津さんの日当は別に出すから、気にしないでいい」

五両は海老のものだと昼兵衛が述べた。

「じゃ、さっそく」

「慌てなさんな。鱚の天ぷらを頼んである。ちゃんと腹ごしらえをしておいたほうがいい」

「そいつはどうも」

海老が座り直した。

「吾《われ》は、今までどおり、山城屋の用心棒でいいな」

山形将左が確認を取った。

「お願いしますよ」

昼兵衛が首肯した。

「問題は……」

山形将左が暗く声を落とした。

「大月《おおつき》さまでございますな」

すぐに昼兵衛が応じた。

「まだまともに動けまい」

「いたしかたございませんよ」

　落ちこむ山形将左を、昼兵衛がなぐさめた。

　吉原惣名主《そうなぬし》の西田屋甚右衛門《にしだやじんえもん》が、江戸の闇を支配するため、妾屋に手出しをしてきた。それに対抗した昼兵衛に、西田屋甚右衛門が最悪の手を打った。山形将左の馴染《なじ》み遊女を人質にとり、寝返らせたのだ。そして、昼兵衛を守る大月新左衛門《しんざえもん》と山形将左が戦い、新左衛門が傷を負った。

「だが、確実に突いてくるぞ」

「……でございましょうねえ。嶋屋を使い走りにするくらいでございますからね。それくらいは調べていましょう」

　山形将左の指摘に、昼兵衛が嘆息した。

　大月新左衛門は、もと仙台伊達《だて》藩士であった。昼兵衛の斡旋で藩主側室となった八重《やえ》の警固を担当しているうちに、伊達家のお家騒動に巻きこまれ、浪人した。その後、昼兵衛のもとで用心棒をして生活をしていた。

「どこかへ匿《かくま》えないのか」

「無理じゃございやせんか。嶋屋を動かせるほどの相手だ。そこらの商家じゃ、引き受けてさえくれませんよ」

山形将左の言葉に、天ぷらを食いながら海老が反応した。

「むうう。吾が張りつければいいが、そうはいかぬ」

苦悶《くもん》に山形将左が頬をゆがめた。

「あてがないわけじゃございませんがね」

湯漬けを流しこんだ昼兵衛が言った。

「尾張さまか」

「いいえ。私事《わたくしごと》でお客さまにご迷惑はかけられません」

昼兵衛が首を左右に振った。

「伝手《つて》は二つ。どちらも多少の相手なら揺るぎもしませんがね。そのうち一つは貸しがありますがね、もう一つが問題で。あった貸しは返していただいてしまったので、借りを作ることになるのがねえ」

「借りを作る……まずい相手なのか」

山形将左が訊いた。

「あとあと面倒になるとわかっているだけに、嫌なんでございますよ。まあ、いざとなれば、すがるのに遠慮はしません」

小さく昼兵衛がため息を吐《つ》いた。

「もう一つの貸しは、吉原だな」

「おわかりでございましたか」

口にした山形将左に、昼兵衛が感心した。

西田屋甚右衛門の野望を打ち砕いた昼兵衛は、吉原を潰せるだけの材料を手にした。だが、それを使わず、吉原惣名主の交代だけで話をすませた。そのときの貸しを返せということで、大月新左衛門と八重を吉原で匿ってもらうという手があった。

「そのくらいなら、貸しを返させたとは言えまい。吉原は潰れるところだったんだからな」

山形将左が言った。

「あの馬鹿は、吉原から外に手出しをした。吉原が無敵なのは、大門《おおもん》の内だけ。それを思いあがって世間に手を伸ばした。これは御上《おかみ》との約束を違《たが》えたも同然」

吉原は幕府から公認された唯一の遊郭である。その権威をもって、吉原は大門内に町奉行所の手出しを拒んでいる。町奉行所も、悪所という面倒な場所を抱えこまなくていいことから、ご免色里として黙認してきた。その前提である、大門外には出てこないという約束を吉原が破り、妾屋に手出しした。

約束を違えたのは、吉原なのだ。どのような注文を町奉行所からつけられても文句は言えない。それを昼兵衛が防いだ。この恩は、二人を大門内に匿うくらいで返せるものではなかった。

「吉原なら、外からなにを言われても、大丈夫だ」

山形将左がほっとしていた。

大門内は苦界《くがい》である。人の住む世間とは違う。幕府の定めた法も適用されないのだ。大名であろうとも、吉原のなかでは殺され損であった。

「それしかなさそうでございますね。吉原におつきあいいただけますか」

「ああ」

昼兵衛の求めに、山形将左がうなずいた。

「ごちそうさまでやした。では、あっしはこれで」

十分飲み食いした海老が、二人の話が終わるのを見て、駆けだしていった。

「こっちも行こうか。早いほうがいい」

山形将左が横に置いていた太刀を摑《つか》んだ。

三

昼兵衛から馬鹿にされた嶋屋は、怒りを維持したまま夜の浅草を歩いていた。

「女衒《ぜげん》が」

「なにかおっしゃいましたか」

供していた手代が、嶋屋の独り言を聞きとがめた。

「なんでもない」

嶋屋が首を左右に振った。

「旦那、やはり提灯《ちょうちん》を」

手代が足下を気にした。

「駄目だ。提灯は目立つ。これくらいなら十分明るい」

嶋屋が拒んだ。

浅草は金龍山浅草寺《きんりゅうざんせんそうじ》の門前町として発展してきた。さらに明暦の火事で移転してきた吉原をその奥に抱えたこともあり、いっそう繁華街となった。

日のある内は浅草寺への参拝客、日暮れてからは吉原へ通う遊客と、門前町にできた料理屋などで酒を楽しむ酔客でにぎわう。

あちこちにそういった客を迎える料理屋や茶屋などが明かりを灯《とも》している。よほど深更にでもならないと、足下がまったく見えなくなるほど暗くはならない。

「ですが……」

主の安全は供の責任である。手代がねばった。

「駄目だと言った。そんなことより、あたりに注意しなさい。なんのために顔がわかりにくい夜に出歩いていると思っているんだい。後を付けられたりはしてないだろうね」

嶋屋が手代を叱った。

「……そう言われましても、人通りもあり」

振り向いた手代が口ごもった。

「役にたたないねえ。しかたない。いつものように、あの辻で待っていなさい。後から付いてくるやつがいたら、咎《とが》めなさいよ」

「へい」

厳しく言われた手代が萎縮した。

「では、いいね」

表通りから、嶋屋が右へと曲がった。

「お気をつけて」

手代が主を見送って、その場に残った。

「あんなところで、曲がりやがったな」

しっかりと後を付けていた海老が足を止めた。

「手代が見張っていやがる。さすがに知らん顔で曲がれないな」

和津がちらと右手の民家を見あげた。

「いけるかい」

「ああ。任せてくれ」

やせぎすな和津は、身軽に用心桶を使って、民家の屋根へとあがった。

「……………」

音もなく和津が屋根を走った。

和津は飛脚である。手紙や金などを預かって、江戸から京、加賀、仙台と走るのが商売である。険しい箱根の上りでも歩くことなく、走り続けるのだ。屋根の上くらい平地と変わらなかった。

「いねえ」

さほど遅れたはずではないのに、嶋屋の姿が消えていた。

「辻を曲がってから、煙草《たばこ》を一服吸うほどの手間しかかかっていねえ。嶋屋の足なら、見えなくなるほど遠くへ進めるはずはない」

屋根の上から見下ろしながら、和津が思案した。

「となると、曲がって数軒のどこかに入ったか。面倒だな」

和津が眉《まゆ》をしかめた。

「出てくるのを待つか」

長丁場を和津が覚悟した。下手すれば、泊まることもある。さすがに明るくなれば、屋根の上にいることがばれる。

腹をくって腰を下ろした和津は、ふと人の気配に気づいた。

「……手代が帰っていくだと」

和津が驚いた。

「主人の姿がない……」

あわてて立ちあがり、和津が嶋屋の姿を探した。

「主を置いてくなどありえぬ」

夜間、大店の主人が一人で出歩くことはなかった。たとえ、妾宅に出向くにしても、一人二人は連れていく。これは夜の江戸の治安があまりよくないからであった。

江戸は基本、町内ですべてのことがすんだ。買いものは出入りの商人あるいは、町内の行商だけで間に合う。大工などの職人も町内にいる。生まれてから一度も町内を出たことがないという者もいるのだ。町内の者ならば、まずまちがいなく顔見知りであった。

逆にいえば、町内を出れば、周りは赤の他人ばかりなのだ。誰が安全で、誰が危険かなどわからない。

なにより一大歓楽街でもある浅草寺門前町は、どこの誰が歩いていても不思議ではない。女遊びに金を遣い果たした者、博打《ばくち》に負けて丸裸にされた者など珍しくもない。そこへ、供も連れずに、身形《みなり》の良い旦那が歩いていれば、鴨《かも》が葱《ねぎ》を背負《しょ》っているどころか、鍋と醬油《しょうゆ》まで付いてきているも同然、まちがいなく狙われた。

「ということは、泊まり、あるいは、訪問先で供を用意してくれるか……」

和津は屋根を降りた。

「海老、海老」

小声で呼ぶが反応はなかった。

「手代をつけていったか」

和津は呟《つぶや》いた。

「一応確認しておくか……」

先ほどまで手代が見張っていた辻へ、和津は入っていった。

「普通の家ばかりだな……あれは寺か」

浅草寺門前町には、末寺が林立していた。

「どうしようもねえなあ」

おかしな気配はなかった。辻の反対まで行って、和津は嘆息した。

「一度帰るしかなさそうだ」

朝まで待ってもいいのだが、夜中とはいえ同じところに居続けるのはまずい。町方に通報でもされれば、面倒である。

「山城屋さんに報告して、指示を仰《あお》ごう」

和津が踵《きびす》を返した。

嶋屋は、辻の中ほどにあった空き家を抜けて繋がっている裏へと入りこんだ。

「…………」

開けられていた勝手口の木戸を潜った嶋屋を若い男が無言で案内した。

「ごめんを」

こぢんまりした建物のなかへ通された嶋屋は、明かりのついている座敷の前で手を突いた。

「開けなさい」

落ち着いた声が命じ、襖《ふすま》が左右に引き開けられた。

「夜分遅くに申しわけございませぬ」

嶋屋が平伏した。

「どうかしましたか」

落ち着いた声の主が、嶋屋に問うた。

「本日、山城屋に……」

「……それはいけませんね」

嶋屋の報告を受けた主が、ほんの少し声を落とした。

「買値をあげてはいけませぬか」

「いけません。金はこれからますます要りましょう。たとえ四文銭一枚でも貴重なのですよ。店子一人くらい、どうにかできるでしょう」

主が嶋屋を叱った。

「では、いかがいたしましょう」

「そなたは根強く妾屋と交渉をしなさい」

「考えがかわるとは思えませんが……」

嶋屋が主の機嫌を伺うように言った。

「かまいません。繰り返し話すことで、こちらが本気だとわかればいいのですよ。そのていどのことはしてください」

主が述べた。

「そういえば、嶋屋」

「なんでございましょう」

主から声をかけられた嶋屋が少し顔をあげた。

「妾屋に家族は」

「いないと聞いておりまする」

訊かれた嶋屋が答えた。

「……いない。それはいけませんね。家族がいないとなれば、交渉の手段が一つなくなりました」

「…………」

言葉の裏にあるものを悟ったのか、嶋屋の表情が固くなった。

「どこの出か知っていますか」

「いいえ。先代の山城屋から、この者に店を任せると紹介されただけでございまする」

質問に嶋屋が首を横に振った。

「そのとき、なにも尋ねなかったのですか。土地を借りている者がどのような男なのか。それを調べるのは地主の務めでございましょう」

「申しわけございませぬ。父より山城屋のことは詮索するなと釘を刺されておりましたので」

咎められた嶋屋が謝った。

「なにか、妾屋について知っていることは」

主の声に苛立《いらだ》ちが含まれた。

「御三家《ごさんけ》のうち尾張さまと水戸《みと》さま、お大名では、仙台、土佐《とさ》、熊本などに出入りしております。寺社では、浅草寺さま、寛永寺《かんえいじ》さまの末寺のいくつか」

「そんなことはわかっています。だから、山城屋の帳面が欲しかったのですからね」

「す、すいません」

怒鳴られた嶋屋が震えた。

「客以外のことで、話はないのか」

主の口調がきつくなった。

「一人、通いの番頭がおりまする。こやつの住まいは深川だそうで」

「深川……大川《おおかわ》を渡るだけの価値がありますか、そいつに」

「まだ奉公に来て三年くらいではないかと思いまする」

「三年ね。店の細かいところまで知れているとは考えにくい」

少し主が思案し出した。

「深川のどこに住んでいるのでしょう」

「……あいにく、そこまでは」

嶋屋の土地は浅草に集まっている。川をこえた深川まで影響を及ぼしてはいなかった。

「他には」

切り捨てるように、主が先を促した。

「山城屋によく出入りしている者が、何人かおりまする」

「客じゃないのかい」

「はい。用心棒を務めている浪人者が二人」

嶋屋が述べた。

「妾屋に用心棒……そんなに儲かるものなのか、妾屋は」

主が興味を示した。

「儲かるというほどではございません。用心棒は店ではなく、女のためで」

「女の……」

「さようで。妾番と申しまして、見目麗《みめうるわ》しい妾を囲った旦那が、女に悪い虫が付かないよう雇い入れる者で、これの斡旋も妾屋がおこないまする」

嶋屋が説明した。

「ほう。おもしろいものですね。ですが、その妾番が狼《おおかみ》になりはしないのですか」

主が疑念を口にした。

「絶対にそれをしないとか」

「よほど信頼されているのですね。ふむ。そこまで信頼されているとなれば、山城屋とのつきあいも深いでしょう」

腕を組んで主が考えこんだ。

「……左膳《さぜん》」

しばらくして主が呼んだ。

「…………」

部屋の襖際に控えていた武士の体《てい》をした三十歳ほどの男が、少しだけ前に出た。

「妾番とやらを片づけられますか」

「簡単なことでございまする」

尋ねられた左膳が応じた。

「妾の番をして糊口《ここう》をしのぐていどの輩《やから》。わたくしが出張らなくとも、十分でござ
いまする」

左膳が淡々と言った。

「嶋屋、さすがに用心棒二人の居場所はわかるね」

「もちろんでございまする。一人はわたくしの店子ではございませんが、もう一人
はわたくしの地所に先日家を借りました。夫婦ものでございまする」

あわてて嶋屋が述べた。

「けっこうだ。では、左膳。嶋屋から報告を聞き次第、二人とも涅槃《ねはん》に送りなさい。

さすれば、妾屋も思い知ることでしょう」

「お任せを」

主の命《めい》を左膳が受けた。

「いつものように人知れず片づけるのではありませんよ。できるだけむごたらしく、他人目《ひとめ》に付くようにしなさい。とりあえずは、その夫婦者を」

「承知いたしました」

さらに指示した主に、左膳が首肯した。

「あのう、できましたら家でのお仕置きはお避けいただきたく」

おずおずと嶋屋が口にした。

「人死にが出れば、次の借り手が見つかりませんか」

嶋屋の真意を主が的確に読みとった。

「畏《おそ》れ入りまする」

「建て替えてしまえばよろしいでしょう」

あっさりと嶋屋の願いを主が拒んだ。

「簡単に仰せられまするが、建物を新しくしたところで、土地に因縁が残ってしまえば、同じでございまする」

「因縁が残る……なるほど衆生はおもしろいことを言いますね」

すがるような嶋屋に、主が笑った。

「左膳、できるね」

「十分でございまする」

条件の追加にも、左膳は表情一つ変えなかった。

「では、そういうことで。嶋屋、明日の朝までゆっくりしていくがいい。別室を用意させた」

「ありがとうございまする」

嶋屋が感謝した。

四

店は焼かれても、住んでいる家は無事である。昼兵衛は店から二筋ほど離れたしもた屋で一人暮らしをしていた。もっとも、今は警固のため、山形将左が泊まりこんでいた。

「旦那」

「二人ともごくろうだね。寒かったろう、まあ、一息ついておくれな」

朝早くに訪ねてきた二人に、昼兵衛が白湯を出した。

「どうだった」

「申しわけありやせん……」

一服したところで問うた昼兵衛に、和津が事情を話して詫《わ》びた。

「気にしないでいいよ。一度で正体がわかるとは思っていなかったからね。まあ、相手が嶋屋なんで、多少は期待したけどね」

なにげに嶋屋を馬鹿にしながら、昼兵衛が慰《なぐさ》めた。

「しばらくは、嶋屋を見張っていてくれるかな」

「へい。お任せを」

うなずいた和津が、出ていった。

「あっしはなにを」

残った海老が訊いた。

「噂を集めてくれるかい」

「……なんの噂でござんすか」

海老が首をかしげた。

「浅草寺さまと寛永寺さまにかかわるものなら、なんでも集めて欲しい」

「……厄介ごとすぎやせんか」

昼兵衛の求めに、海老が嫌な顔をした。

「まだお大名の内情をと言われたほうが楽……」

「お大名さまあたりじゃなさそうなんだよ」

難しい表情で昼兵衛は言った。

「最悪を想定しておかなきゃいけないだろう。こっちは命がけになるんだよ。想定外でしたとは言えないからね。まあ、言うこともないだろうけど。油断していて、予想以上のことになったときは、おそらく死んでいるだろうから」

「………………」

海老が息を呑《の》んだ。

「嶋屋はあれでも浅草で両手の指には入る金満家だよ。その嶋屋を夜中に呼び出せる。金の力では及ばない相手ではないかと考えるのも当然だろう」

「たしかに」

「とはいえ、お大名方は金がない。商人に無理を押しつけるどころか、機嫌を取らなきゃならない有様だろう。となれば残るは……」

うなずいた海老に、昼兵衛は説明を重ねた。

「幕府お役人さまか、寺社方」

「ああ」

昼兵衛が同意した。

「こいつは、吉原よりややこしいことになりそうでござんすね」

「だから駄賃をはずんだのさ」

「わかりやした。やってみやす」

海老が引き受けた。

「かかった費用は、あとで精算するからね。お金を惜しまないでおくれ。命には代えられない。生きていれば、金は稼げる」

「へい」

首肯した海老も家を後にした。

「さて、わたくしたちは大月さまのところへ行きましょうか」

「ああ」

　黙って昼兵衛の差配を見ていた山形将左が立ちあがった。

「ここは嶋屋の地所じゃないんだな」

　鍵をかけている昼兵衛に、周囲を警戒しながら山形将左が言った。

「さようで。あまり一軒と親しくつきあうのは、妾屋としてよろしくございませんので。広く浅く、いろいろなお方とおつきあいをして、顔を売っておくのも妾屋の仕事」

　鍵をかけ終わった昼兵衛が答えた。

「なるほどな。商売というのは難しいの。いろいろと面倒だ。その点用心棒は気楽だな。敵を蹴散《けち》らすだけですむ」

　山形将左が笑った。

「蹴散らすのができることじゃございませんよ。剣術の修練は、昨日今日でどうにかなるものじゃございますまい。なにより、努力ではどうしようもない才能が要りましょう。用心棒の三人に一人は、最初の依頼で死ぬか傷を負ってしまうのですから」

昼兵衛が苦笑した。

「命を金に換えている。それが用心棒、いや、侍というものだ」

笑いを消して山形将左が言った。


昼兵衛の居宅から、新左衛門と八重が住んでいる家までは、それほど離れてはいなかった。

「おはようございまする」

格子戸を開けた昼兵衛は、八重の挨拶に出迎えられた。

「おはようございまする。お待ちいただいてしまいましたか」

昼兵衛が恐縮した。

「いいえ。さほどではございませぬ」

八重がほほえみながら否定した。

「さっそくでございますが、ご用意はできておられましょうや」

「はい」

問われた八重が首肯した。

「用意と申しましたところでさほどのものはございませぬ。それに鍋釜は持っていけませんので」

八重が、上がりがまちに置いている風呂敷包み三つと行李《こうり》二つを見た。

「けっこうで。では、駕籠《かご》を呼んで参りましょう」

「お手数をおかけいたしまする」

うなずいた昼兵衛に、八重が一礼した。

待つほどもなく駕籠屋が来た。

「おはようござる」

八重に支えられるようにして、奥から新左衛門が出て来た。

「いかがでございますか」

「ずいぶんといいな。さすがに剣は振れぬが、厠《かわや》ぐらいは一人でいけるようになった」

気遣った昼兵衛に新左衛門が応じた。

「よろしゅうございました。ですが、傷はくっつきかけたときがもっとも大事だと申しまする。無理は厳禁でございますよ」

よくなったと言った新左衛門に、昼兵衛が忠告した。

「すまぬな」

新左衛門が昼兵衛に頭をさげた。

「気になさることじゃございません。旦那は、わたくしの依頼したお仕事で傷された。その面倒を見るのは、当然で」

昼兵衛が小さく手を振った。

「乗ってくださいな」

新左衛門を促した昼兵衛が、駕籠かきに一分金を一枚渡した。

「大柄な旦那を運んでもらうからね。これは酒手《さかて》だ。駕籠賃は別に払うよ」

「こいつはどうも。心付けをいただいたぞ」

金を受け取った先棒の駕籠かきが相方に一分を見せるように上げた。

「ありがとうございます」

後棒も礼を述べた。

「途中でなにがあっても止まらないようにね。吉原の大門内まで入っておくれ」

「大門内は、乗り物禁止でござんすが」

駕籠屋が駄目だと告げた。

「大丈夫だよ。大門を潜ってさえくれればいい。吉原の忘八《ぼうはち》になにか言われたら、山城屋の命だとね」

大丈夫だと昼兵衛は保証した。

「わかりやした。吉原の大門内へ乗りうちなんぞ、あの紀国屋《きのくにや》文左衛門《ぶんざえもん》でさえやったことのねえ快挙でござんす。それをあっしらが最初にしてのける。こいつは豪儀だ」

先棒がおもしろがった。

「頼んだよ」

昼兵衛の合図で一行は吉原を目指した。

一行を三人が見ていた。

「用心棒は一人か」

「だの。もう一人は怪我《けが》か病か知らぬが、まともに動けぬようじゃ」

「残るは妾屋一人、女一人。用心棒に二人かかり、残りを一人で押さえればいけるか」

三人が相談をした。

「どこへいくかは知れぬが、さすがに浅草付近で襲うわけにはいかぬ。我らの顔が見られてはまずい」

一人の浪人らしい風体の男が言った。

「せっかく、薄汚い格好をしてきたのだ。顔でばれては意味がなくなる」

「ああ。見せしめに派手に仕留めろとの命令だが、すなおに聞くわけにはいかぬ」

歳嵩《としかさ》の浪人体の男が小さく首を横に振った。

「なにを言うか。そのようなこと気にしていては、任は果たせまい。顔を見られたところで、庶民にはなにもできぬ。町奉行所でさえ、なんの手出しもできぬ」

若い浪人が嘯《うそぶ》いた。

「水沢《みずさわ》、よせ。たしかに町奉行所の手は入らぬが、我らはあのお方の家臣である。我らに妙な噂が立つだけで、ご出世のさまたげになりかねぬ」

壮年の男が若い男を制した。

「状況を見まちがってはならぬ。蛮勇は無謀ぞ」

「……………」

たしなめられた水沢と呼ばれた若い男が不満そうに口を噤《つぐ》んだ。

「見とがめられぬよう、慎重に後を追う。榎木《えのき》、先回りして、前へ出てくれ。いつでも頭を押さえられるようにな」

「承知」

すっと榎木が離れていった。

「柏崎《かしわざき》どの、このままでよいのか」

二人になった途端、水沢が訊いてきた。

「今はこれでいい。我らは言われたことさえしていれば、問題ない」

柏崎と呼ばれた壮年の男が宥《なだ》めるように語った。

「しかし……」

「出過ぎたまねは控えよ。御門《ごもん》さまのご命である」

冷たく柏崎が告げた。

「……ご命……」

それを言われては弱い。侍は主君がいて初めて成立する。どれほど武に長けていようとも、主君を持たない浪人は、侍ではなかった。

「わかった」

水沢が納得していない顔で首肯した。

十分な間合いを空けてから、男たちが動き出した。

「逸《はや》るなよ。かならずや機は来る。心配せずとも、いずれ隙はできる」

柏崎が、水沢を宥めながら助言した。

「わかってござる」

うっとうしそうな顔で、水沢が応じた。

「どこへいくのだ。そっちに曲がれば人はいなくなるぞ」

昼兵衛一行の動きに柏崎が首をかしげた。

「あちらにあるのはなんだ」

「ご存じのとおり、吉原でございましょう」

水沢が答えた。

「吉原へ入るつもりか」

さっと柏崎の顔色が変わった。

「どうなされた」

雰囲気の変わった柏崎に、水沢が怪訝《けげん》な顔をした。

「吉原に入られてはまずい」

「なぜでございまする。たかが遊女屋の集まりでございましょう。少し脅せば、すんなり言うことを聞きましょうほどに」

水沢が問うた。

「吉原はご免色里だ。なにがあってもやられたものの責」

「それがなにか。刀でちょいと脅してやれば……」

怖《おそ》れる者などないと水沢が胸を張った。

「はあ……水沢、吉原の力を侮《あなど》るな。吉原には忘八がいる」

「忘八、男衆《おとこし》でございましょう。あのような者、五十人来ようが百人来ようが、相手にさえなりませせぬ。我が鏡心瞑想流《きょうしんめいそうりゅう》の敵ではござらぬ」

水沢がどうということではないと自慢した。

「甘く見るな。吉原の忘八たちは、凶状持ちの集まりだ。人を殺すことをなんとも思っていない連中ばかり。それは怖ろしいことだぞ。ためらわずに刃《やいば》を振るえるやつと戦うのは困難だ」

「どこが」

わからないと水沢が問うた。

「凶状持ちが江戸にいて町奉行所に捕まらないのはなぜだ。吉原が守っているからよ。つまり、吉原以外で生きていけぬ連中ばかりなのだ。吉原がなくなれば死ぬしかない男たち。当然、吉原のためならばなんでもできる。死ねと言われれば死ぬ。そんな連中を相手にしたいか」

「一刀で斬り捨てればよろしかろう」

まだ水沢は納得していなかった。

「…………」

あきらめたのか、柏崎が黙って目を昼兵衛たちに戻した。

「吉原に入る前に片をつけるぞ」

「もちろん、いつでも」

水沢が自信満々な顔で応じた。

浅草から吉原へ向かうには二つの道があった。大川沿いを東へ、日本堤《にほんづつみ》で北へ曲がり、五十間道《ごじっけんみち》を進むか、浅草寺の裏門から浅草田圃《たんぼ》のあぜ道を行くかである。距離からすると浅草田圃が近いが、あぜ道を駕籠を担いで歩くのはきつい。

新左衛門を乗せた駕籠を連れている一行は、大川沿いを選んだ。

「日本堤に入る直前を狙うぞ」

柏崎が告げた。

「榎木氏《うじ》との連絡はどういたす」

離れている同僚との連絡を水沢が気にした。

「絶えずあやつらを見張っているはずだ。こちらが動けば、すぐに気づく。榎木氏はなかなかにできるからの」

「……………」

他人を褒められて、水沢が不機嫌な顔をした。

「人通りもちょうどよさそうだ。前二人、後ろに三人、こちらの顔を確認できるほどは近くない。さっさと決めて逃げ出すぞ」

柏崎が太刀を抜いて走り出した。

「あの浪人者をまず、仕留める」

「おう」

指示に水沢が首肯した。

大川の流れを見ながら、山形将左がため息を吐いた。

「お珍しい。なにかありましたか」

昼兵衛が気づいた。

「いや、馬鹿の相手をしなきゃならんかと思うとな」

面倒だとばかりに山形将左が嘆いた。

「駕籠を止めてくれ」

「やめとけ、大月」

駕籠のなかからの声を山形将左が抑えた。

「今のおぬしじゃ、足手まといでしかない。これ以上、吾の荷物を増やしてくれるな」

「……すまぬ」

山形将左の言葉に、新左衛門が少し間を置いて従った。

「謝るな。すべては吾が悪いのだ。おぬしの傷は吾の手によるもの。ならば、その分働かねばなるまいが」

雪駄を脱ぎ、山形将左が太刀の鯉口《こいぐち》を切った。

「後ろから二人、そして前から一人」

山形将左が数えた。

「大月さま、差し添えを貸していただけますか」

昼兵衛が脇差の貸与を求めた。

「山城屋どの、大事ないか」

新左衛門が懸念を表した。

「二十年ぶり、いや、抜いたのは三十年ぶりですがね。まあ、なんとかなるでしょうよ」

昼兵衛が脇差を受け取った。

「山形さま、早めにお願いしますよ。わたくしに敵を倒すようなまねはできませんからね」

「わかっているとも」

一行から少し離れた位置で、山形将左が待ちかまえた。

「気づかれた……かまわぬ。こちらが数では上だ」

腰を落とし居合いの形を取る山形将左に、柏崎が突撃を敢行した。

「先手は任されよ」

水沢が一気に前へ出た。

「あ、足並みをそろえろ」

柏崎が焦った。

「手柄を立ててしまえば、なにも言えまい」

指示を無視して、水沢が山形将左へ迫った。

「大馬鹿が一匹」

鼻先で山形将左が笑った。

「わあああああ」

水沢が太刀を振りかぶった。

「遠いわ」

山形将左が的確に間合いを読んだ。

初めての真剣勝負は怖い。なにせ当たれば斬れる太刀を手に持っているのだ。場所によっては即死もある。どうしても身体《からだ》がすくむ。足の踏みこみも甘くなり、手も縮む。本人が思っているより五寸（約十五センチメートル）は届かなくなった。

水沢の一撃は、山形将左をかすりもせずに落ちた。

「えっ……」

必殺のつもりで全身の力を入れたのだろう。外れた太刀は止まることなく地面を削った。さらに勢い余った切っ先が、水沢の足の甲をかすった。

「ぎゃっ」

自傷の痛みに、水沢が太刀を落として足を抱え、転がった。

「なにがしたいのやら」

あきれながら、山形将左が数歩遅れた柏崎に対峙《たいじ》した。

「…………」

柏崎は慎重だった。十分な間合いを空けて、山形将左の動きを見つめた。

「ときを稼ぐつもりか」

山形将左は意図を見抜いた。

ちらと目をやって、昼兵衛へ向かうもう一人の浪人体の男を確認した。

「……くっ」

「来るか」

それを隙と考えた柏崎が出ようとして、思いとどまった。山形将左が十分応じられると知らされたのだ。

「我慢できるとは、ちったあできるな」

山形将左が感心した。

「だが、甘いな。人を殺したことがないだろう。まあ、それが当たり前なんだがな。戦わないのが褒められる御世《みよ》は、そうでなければ生きていけぬ」

「…………」

話しかける山形将左に、柏崎が無言を通した。

「経験がないだけに切っ先にためらいがある。それじゃあ、人は斬れない。真剣を抜くときは、相手を殺すときだ。その覚悟なしに抜いていいものじゃねえ」

山形将左がじわじわと間合いを詰めた。

「……むう」

圧力をかけられた柏崎が、唸《うな》った。

「やあぁ」

一気に山形将左が前に出た。居合いに太刀を抜き放つ。

「うわおっ」

柏崎が後ろへ大きく飛んで逃げた。

「ふん」

追わず、山形将左は足の痛みに呻《うめ》いている水沢の首の血脈を刎《は》ねた。

「ひゅうう」

笛のような息を漏らして、水沢の喉から血潮が噴きだした。

「きさま……無抵抗の者を」

柏崎が憤怒した。

「殺しにかかって来たのは、そっちだろう。そっちがこっちを殺すのはいいが、こっちがおまえたちを殺すのは駄目だとでも言う気か」

氷のような声で山形将左が述べた。

「………」

柏崎が沈黙した。

「逃げるというなら追わぬ」

「なめるな」

柏崎が言い返した。

「そうか。かかってくるなら、容赦はせぬ。きさまも道端《みちばた》で死ぬ覚悟をしな」

氷のような殺気を柏崎にぶつけた。


「町方を呼んで来てください」

理由を付けて駕籠屋を逃がした昼兵衛は脇差を中段に構えた。

「あなたがなさろうとしていることが、夜盗、辻斬りのたぐいと同じだとわかっておられますかな」

近づいてきた榎木へ、昼兵衛が話しかけた。

「きさまと駕籠かきを殺すつもりはない。抵抗せずに下がっていろ。今回は見逃してやる」

榎木が告げた。

「おや、ありがたいことをおっしゃってくださいますね。で、残りの方々はどうなりますので」

「見せしめだ。死んでもらう。恨むならば、山城屋を恨め。こやつが、おとなしく話を受けていれば、生涯をまっとうできたものを」

「見せしめ……なるほど。あなたがたは山城屋の帳面を狙ったお方の一味だと。いや、教えていただいて助かりました。なにせ、命を狙われるだけの理由も、敵も多すぎて。刀で襲われるなど、日常茶飯事。白刃なんぞで驚く初《うぶ》は、ここにはいやしやせんよ」

昼兵衛が榎木を嘲弄《ちょうろう》した。

「きさま……」

からかわれた榎木が顔色を変えた。

「ご返答を。ああ、念のために、笑えない冗談は要りませんよ」

冷たい表情で昼兵衛が返した。

「後悔するぞ」

「そちらがでしょう。ほら、一人死にました」

後ろから聞こえてきた水沢の苦鳴に昼兵衛は振り返りもしなかった。

「水沢……」

「ほう、あの死人は水沢というのでございますか」

「…………」

しくじったという顔で榎木が口を閉じた。

「山形さまの言葉じゃございませんが、馬鹿の相手は疲れますね。そもそも、あのていどの腕で、山形さまの相手をしようなんて、思いあがるのもたいがいにしていただきたい」

昼兵衛が嘆息した。

「さて、どうします。あなたの飼い主はわたくしを殺すなと命じられている。わたくしを死なせてしまうと、帳面の場所がわからなくなりますから」

「ならば皆殺しにしてから、家捜《やさが》しをすればすむ」

榎木が反論した。

「では、やりましょうか。命惜しさに後ろのお方を死なせるわけにも参りません」

脇差を昼兵衛が握りなおした。

「妾屋風情が……」

決意を見せられた榎木が、斬りかかった。

「…………」

昼兵衛が無言で受けた。

「こいつっ……」

上から押さえるように、榎木が体重をかけてきた。

「……いいんですか。わたくしは山形さまがこられるまで守りきればいいんですよ。無理をしなくてもいい。対して、あなたはわたくしだけでなく、八重さま、大月さまも討ち、山形さまを相手に生き残らなければいけない。できますか」

「……黙れっ」

榎木の顔色が赤くなった。

「ぐあああ」

日本堤に絶叫が響いた。

山形将左の一刀が、柏崎を袈裟《けさ》懸《が》けにした。

「……あああ」

　血を噴いて崩れていく柏崎に榎木の目が奪われた。

「山城屋どの。そのまま押さえておられよ」

「はい」

　駕籠のなかにいた新左衛門の声に、昼兵衛が応じた。

「やっ」

　新左衛門が駕籠のなかから、小柄《こづか》を投げた。

「がっ……」

　榎木の喉を小柄が貫いた。まともな苦鳴もあげられず、榎木が絶息した。

「真剣で争っているときに、気をそらすとはね。このていどの連中を使っているやつを相手にしなきゃいけないとは」

　昼兵衛が嘆息した。

「死体をどうする」

　太刀を拭いながら、近づいた山形将左が問うた。

「このまま放置しておきましょう。こちらの力を教えるのによろしゅうございましょう」

「そうか。で、どうする。駕籠屋は逃げたぞ」

昼兵衛の指示に、山形将左が別の問題を口にした。

「歩けるぞ。八重どの」

「はい」

八重の肩を借りた新左衛門が立ちあがった。

「ここからなら、そう離れてもいませんね。申しわけございませんが、お願いできますか」

歩けると言った新左衛門に、昼兵衛が促した。

「すまぬな。拙者《せっしゃ》のために」

「いいえ。大月さまのためではございませんよ。わたくしが気がかりなしに戦うためでございまする。出入りさえ不便な吉原に押しこめることを、お詫びするのはこちらでございますよ」

昼兵衛が首を左右に振った。吉原は苦界である。世間の住人であった新左衛門と八重には、なじめないしきたりや、目を背ける光景を見ることも珍しくない。

「人の世が生み出す、闇の一つ。かかわらずにすむはずだったお二人に、見せたくはなかった」

「山城屋さま。生きていくための闇など、怖れはいたしませぬ。殺されかかることに比べれば、さほどではありませぬ」

辛《つら》そうな昼兵衛に、八重が声をかけた。

「なにより、吉原は女の町。わたくしも女。女は強いのでございますよ。生きていくためには、なにも怖れませぬ。わたくしたちの一年先、十年先のためでございまする。お気になさらず」

「やはり、男は女に勝てませんね」

ほほえむ八重に、昼兵衛が感心した。

「だの。大月、おぬし大変だぞ。奥方の肚《はら》が据わりすぎているわ」

山形将左が新左衛門の肩をたたいた。

第二章　忘八再襲

一

十一代将軍家斉《いえなり》の寵臣、御小姓組頭林出羽守忠勝《おこしょうくみがしらはやしでわのかみただかつ》の機嫌は悪かった。

江戸の夜を支配しようとした前吉原惣名主西田屋甚右衛門一件の結末が思っていたものとは違ってしまったからである。

「山城屋め。自儘《じまま》なまねをしよって」

林出羽守が罵《ののし》った。

当初の計画では、吉原と幕府の間に交わされていた約定の違反を理由に、ご免色里の称号を取りあげ、吉原を支配する予定であった。

吉原、妾屋、岡場所、男の口が軽くなる遊所をまとめあげ、そこで交わされる睦《むつ》言《ごと》を集め、幕府への批判や諸式の釣り上げ計画、謀反の企みなどをいち早く知り対処する。林出羽守は吉原をその計画の要としていたが、昼兵衛の対応で潰《つい》えた。

かつて男色の相手として寵愛を受けた家斉を至上とする林出羽守である。その治世に毛ほどの傷がつくことを許せなかった。

「表の政《まつりごと》は、すでに上様の手の内にある。残るは、江戸の夜だけ」

こう考えた林出羽守は、女を使った天下の把握をもくろんでいた。

「大名、庶民もすべて、妾を求めるときは、幕府を通じなければならぬ。幕府の公認を受けた妾屋以外で女を囲うことを禁じられれば……そして、その女たちを隠密として使えば……」

林出羽守の考えは、男がもっとも油断する相手、寵愛する女を幕府が支配するというものであった。

「吉原をうまくかばったものだ」

腹立たしく思う一方で、林出羽守は昼兵衛の手腕に感心していた。

凶状持ちなど、手配されている凶悪な男たちを忘八という男衆として大門内に飼っている吉原は、いわば幕府の法度《はっと》を堂々と破っている。将軍のお膝元である江戸で許されているのは、忘八を大門から出さないという幕府と吉原の暗黙の了解によった。

犯罪者を囲いこみ、外へ出さない。下手人を隔離でき、さらにその管理を吉原に押しつけられる。だからこそ、町奉行は吉原に手配犯がいようとも見逃してきた。

その約束を、西田屋甚右衛門はあっさりと破った。

どころか、忘八を使って、山城屋を襲撃させた。これだけで、吉原はご免色里の看板を返上し、大門を撤去しなければならないほどであった。

それを被害者の昼兵衛がまとめてしまった。

三浦屋四郎左衛門《みうらやしろうざえもん》を新しい惣名主とし、騒動を一人西田屋甚右衛門の仕業として吉原から追放した。

「小姓組頭では、直接吉原へ手出しができぬ。どうしても町奉行所を動かす手間がいる。その隙をうまく突かれた。やはり遣えるな」

林出羽守は、昼兵衛を取りこむ策をさらに進めようと決意した。

「一度話をさせねばならぬ」

詳細を報告させようと林出羽守は、昼兵衛を呼び寄せることにした。

「どこにいったかわからぬだと」

山城屋へ向かわせた家臣の報《しら》せに林出羽守が、眉をひそめた。

「店の跡はすっかり片づけられておりましたが、新しく建てられようとしている気配はございませぬ」

「火事にあったのは知っているが、店の再建もなされていないだと」

林出羽守が怪訝な顔をした。

「妾屋は信用が命だ。男にとってもっとも隙のできる閨ごとを預けるのだからな。当たり前だが、ちゃんとした暖簾をあげた店がないと、客は信用せぬ」

怪しげな夜の街角に立ち、その場限りの女を紹介するような輩とは違う。

「周りに訊いたか」

「はい。客を装い山城屋の行方《ゆくえ》を問うてみました」

当代一の寵臣として、幕府執政にも影響を及ぼす林出羽守の家臣である。あるていどの気遣いができなければ務まらない。

「どうやら地主ともめたようで、店の再建の目処《めど》はたっていない、山城屋もここ何日かは姿を見せていないとのことでございました」

「山城屋はどこにいる」

「住まいを教えてくれるように申しましたが、近隣の誰も知らないと」

主君の質問に、家臣が首を横に振った。

「ふむ。店を顔にしていたか。なるほどな。妾屋という商売は、男と女の仲立ちだ。そこには、いろいろな想いと恨みが交錯する。面倒を避けるとして、居宅を隠すのは当然だな」

林出羽守が納得した。

「ご苦労であった。下がっていい」

家臣をねぎらって、林出羽守が手を振った。

「出かけてくる」

そのまま林出羽守は、屋敷を出た。

千五百石の旗本となれば、騎乗も駕籠も許されている。しかし、林出羽守は徒歩《かち》を選んだ。もっとも身分柄、一人ではなく、家士一人、荷物持ちの中間《ちゅうげん》一人を連れていた。

「世間はあいかわらず、喧噪《けんそう》に満ちているの。これも上様の御政道が正しいとの証《あかし》。

政道が悪ければ、庶民の暮らしが圧迫され、町から活気が消える。江戸の町の殷賑《いんしん》を不謹慎として咎め立てようとする執政もおるが、ものごとの本質を摑んでいない」

林出羽守は町の様子を眺めながら歩いた。

「先触れをいたせ」

呉服橋御門《ごふくばし》を潜ったところで、林出羽守は供している家士に命じた。

「南町奉行坂部能登守《さかべのとのかみ》どのに、お会いしたいとな」

「はっ」

素早く家士が小走りに離れていった。

大坂町奉行として辣腕《らつわん》をふるっていた坂部能登守広吉を、林出羽守が見いだし、家斉に願って南町奉行として呼び寄せた。

石高、家格、身分のどれをとっても、林出羽守よりも上になるが、その恩で坂部能登守は、林出羽守の走狗となっていた。

「役宅でお待ちしているとのご返答でございまする」

戻ってきた家士が、告げた。

「うむ」

うなずいて林出羽守が、奉行所の表門を潜った。

町奉行は激務である。百万人と言われる江戸の防犯、防災、行政を担うだけでなく、幕府三奉行の一人として、政にも加わる。休日など論外、それこそ夜明け前から、深更まで職務に邁進《まいしん》しなければならなかった。当然、自宅から奉行所まで通っていては、とても時間が足りない。そのため、町奉行所のなかに役宅が用意されていた。

表門から右に進み、公事場《くじば》の手前で左に曲がり、まっすぐ進んだところが役宅の玄関である。

「ようこそお出《い》でくださいました」

玄関式台で、坂部能登守の用人が出迎えた。

「どうぞ。畏れ入りますが、主御用で少々お待ち願いまする」

用人の案内で、林出羽守は客間へと通された。

「御用とあれば、いたしかたござらぬ。ご遠慮なくとお伝えくだされ」

林出羽守が首肯した。

「お待たせをいたしました」

小半刻（約三十分）ほどで、坂部能登守が現れた。

「御用に尽くされる。これこそ、忠義でござる。お気遣いなく」

気にしていないと林出羽守が手を振った。

「江戸は穏やかなようでござるな」

見てきた風景を林出羽守が告げ、坂部能登守の手腕を褒めた。

「であれば、よろしゅうございますが、まだまだ力不足でござる」

坂部能登守が謙遜した。

「さて、能登守どのよ」

「なんでございましょう」

用件に入ると言った林出羽守に、坂部能登守が姿勢を正した。

「山城屋をご存じだの」

「妾屋の山城屋でございますな」

すぐに坂部能登守が答えた。

「店が焼けたのも知っているな」

「存じております」

確認に坂部能登守がうなずいた。

「再建されていないのはどうだ」

「……それは」

町奉行は多忙である。焼けた店が再建しているかどうかまでは把握していなかった。

「再建していないどころか、山城屋の居所さえわからぬ」

林出羽守が難しい顔をした。

「吉原に殺された……」

「それはないだろう。山城屋は吉原を押さえた。残党がいないとは言えぬが、あの山城屋の用心棒を抜くことはできまい」

坂部能登守の言葉を、林出羽守が否定した。

「山城屋の行方を調べましょう」

林出羽守の用件を坂部能登守が悟った。

「そうしてもらいたい」

「探し出したあとは、いかがいたしまするか。捕まえましょうや」

「要らぬ。居場所さえわかればよい」

余計な手出しはするなと、林出羽守が釘を刺した。

「わかりましてございまする」

あっさりと坂部能登守が退いた。

「そういえば、吉原の動静はどうだ」

林出羽守が訊いた。

「あれ以来、外へ忘八が出ることもないようで」

「そうか。だが、目を離さぬようにの。吉原は、江戸における飛び地じゃ。御上の手が及ばぬところが、上様のお目に留まる近隣にあるなど、論外である。もし、次、なにかあれば有無を言わさず、吉原を押さえろ」

「承知いたしておりまする」

坂部能登守が承諾した。

「ではの」

林出羽守は南町奉行所を後にした。

「お屋敷に戻られまするか」

呉服橋御門を出たところで、家士が問うた。

「いや、浅草まで行こう」

「山城屋へ」

「うむ。遠目でも見ておきたい」

林出羽守が認めた。

「御駕籠を止めましょう」

呉服橋から浅草まではけっこうな距離がある。主君の身体を気遣った家士が進言した。

「町駕籠か。ふむ。顔を隠せるな」

足を止めて林出羽守が考えた。

「よかろう。駕籠を」

「はっ」

中間が駆けていった。

町駕籠は、客を求めてさすらっているか、街角で客待ちをしている、あるいは店で待機しているかのどれかである。中間は、三つ向こうの辻で休憩していた駕籠屋を呼びに行った。

「お待たせをいたしました」

待つほどもなく、駕籠屋が来た。

「ど、どうぞ」

千五百石にふさわしい姿の林出羽守に、町駕籠が萎縮した。

「浅草まで頼む」

「垂れはいかがいたしましょう」

「下げておいてくれ」

林出羽守が指示した。

町駕籠は武家の使う駕籠と違い、左右に戸はない。代わりに粗く編んだ筵《むしろ》で作った垂れがあった。戸のように、完全になかが見えないようにはできないが、注視しなければ乗っている者の顔は判別できない。もちろん、なかから外も見にくくなるが、目の粗い部分もあるため、周囲を確認するくらいはできた。

「上げまっせえ」

駕籠かきが声を上げて歩き出した。

「浅草はどの辺で」

進みながら駕籠かきが問うた。

「このまままっすぐ浅草寺門前まで行け。途中で足を遅くせよと言うゆえ、そのときだけ、歩みをゆっくりにな。ただし、決して止まるな」

林出羽守が注文をつけた。

「へい」

駕籠かきが受けた。

「……ここからゆっくりだ」

右に曲がれば山城屋の辻という手前で、林出羽守が指示を出した。

「…………」

黙って駕籠かきが従った。

「あやつは……」

焼け跡を少しこえたところに立つ侍らしい男に林出羽守が気づいた。

「武士がいるところではない。客かも知れぬが……」

山城屋の周りは、庶民相手の小商人ばかりであった。身分ある武家が出入りする店ではなかった。庶民ばかりのところに、武家が一人立っている。林出羽守はその違和感に引っかかりを覚えた。

「沢上《さわかみ》」

「はっ」

呼ばれた家士が、駕籠脇に近づいた。

「あの武家が見えるか」

「背の高い茶色い紋付きを身につけた男でございましょうや」

「そうだ。あやつがどこへ行くか、あとをつけよ」

「わかりましてございまする」

家士が足を遅くし、駕籠から別れていった。

「駕籠屋、戻ってくれ」

これ以上はなにも得られないと、林出羽守は帰途についた。

二

無事、大月新左衛門と八重を吉原へ避難させた昼兵衛は、山形将左と二人、浅草を目立つように歩き回った。

「馬鹿はそうそうおりませんな」

昼兵衛は苦笑した。

「さすがに三人片づけたばかりだ。人手がたりまい」

山形将左が述べた。

「そのていどの敵でございますか」

「三人死なせることができるのだ。それだけでも凄《すご》いと思うがな」

帳面を渡さないと答えてすぐに、刺客として三人をよこせる。これは常に使い捨てできる配下を飼っているとの証明である。そこを山形将左は怖れていた。

「それであれですか。無駄飯喰いでございましたな。少なくとも、あの三人のどれでも山城屋は要りません」

はっきりと昼兵衛は切り捨てた。

「まあ、そのとおりだな。あれでは妾番は務まらぬ」

山形将左も認めた。

「そろそろ腹も空《す》きました。ちょっと休息しましょうか」

昼兵衛が昼食を提案した。

「けっこうだな」

山形将左が同意した。

二人は顔なじみの味門で昼食を摂《と》った。

「お酒は夜までご辛抱ください」

「夜も止めておこう」

酒はどれだけ強いと思っていても、呑めばどうしても影響を受ける。反応が鈍くなり、動きが遅れる。命がけの戦いとあれば、そのわずかな差が勝敗を分ける。

「大月が一緒ならば、泥酔しても大丈夫なんだがな。一人では、限界がある」

山形将左が真顔になった。

「…………」

昼兵衛は黙って聞いた。

「ずっと一人でやってきたが、大月と組むようになってから、二人とはこれほど安心できるものとは思わなかった」

しみじみと山形将左が言った。

「おまちどおさまで」

女将が膳を二つ持ってきた。

「おう、うまそうな匂いだな」

山形将左が雰囲気を変えた。

「この店の味付けは、江戸風じゃねえのがいいな」

箸でつまんだ煮染めを山形将左が口に入れた。

「亭主が長門の出で、しばらく大坂で修業してましたから」

女将が答えた。

「それがなんで江戸まで」

昼兵衛が訊いた。

「あたしとできちゃったんですよ」

女将が笑った。

「亭主が修業している店の娘だったんですよ、あたしは」

「そりゃあ、居づらいわな」

山形将左も笑った。

「主の娘に手出しするのは御法度でございますからねえ」

昼兵衛もうなずいた。

「亭主が店から放逐されそうになったので、まあ、二人で別天地を求めようと」

「京ではまずかったのか」

箸を置いて山形将左が尋ねた。

「京が本家なのでございますよ。あたしの実家は」

女将が嘆息した。

「それでは、すぐに見つかってしまいますな」

昼兵衛が納得した。

「はい。なので江戸へ」

「よくわかったわ。どうりで懐かしい味だった」

山形将左が、食事を再開した。

「おい、いつまでお邪魔をしているんだ」

そこへ亭主が顔を出した。

「あら、叱られてしまいました」

女将がおどけた。

「どうかしたのかい」

亭主が小座敷まで顔を出すことは滅多にない。小座敷は厨房の奥にある。ここに来てしまえば、店が無人になってしまう。昼兵衛が疑問を持つのは当たり前のことだった。

「ちょっと気になる野郎が……」

亭主が店のほうを見た。

「……どんな野郎だ」

山形将左が表情を厳しくした。

「見た目はお店者らしいのでござんすがね」

「お店者が、昼餉《ひるげ》を外で摂る。ないわけじゃないけど、珍しいな」

昼兵衛もうなずいた。

お店者とは、商家の奉公人を示している。奉公人は給金は安い代わりに衣食住を保障される。店を差配する大番頭にでも出世すれば別だが、手代くらいでは外食するほどの余裕はないはずであった。

なにより店に帰れば、食事があるのだ。無駄に金を遣わなくてもいい。

「見た顔では……」

「初めてだと思いやす」

念のためにたしかめた山形将左に、亭主が首を左右に振った。

「わたしらの後だね、店に入ってきたのは」

「いいえ。もう一刻（約二時間）ほど前から」

亭主が否定した。

「ここに網を張っていたか。どうやら、こちらのことをかなり調べているようだな」

山形将左が食事をかきこみ始めた。

「罠《わな》を張っているつもりが、張られていたと。やれ、なさけないことで」

昼兵衛も膳の上を片づけた。

「挟み討ちにするか」

食事を終えた山形将左が裏口を見た。

「いえ。お店に負担をかけるのはよろしくございません」

昼兵衛が拒んだ。

「お気になさらずともよろしゅうございますよ。お得意さまにご迷惑をかけるような野郎は、痛い目に遭わせるべきでございましょう」

亭主が述べた。

「いや、食いもの屋の店先で血はよくない。気にする人はいるから」

好意を昼兵衛が断った。

「では、外で捕まえるとしよう」

山形将左が目釘を確認した。

「行きましょうか。馳走《ちそう》だったよ」

代金よりも多めに支払って、昼兵衛が立ちあがった。

「ごちそうさま」

挨拶を口にして店を出た二人を見送ったお店者が、無言で勘定を置いた。

「…………」

少し遅れて暖簾をあげたお店者が、左右に素早く目を配った。

「……いた」

お店者が、昼兵衛たちを見つけて後を付けだした。

「来たな」

後ろを一々《いちいち》見なくても、山形将左ほどの遣い手になると、背後のことも知れる。

「一人でございましょうか」

「他に気配は感じないな」

訊いた昼兵衛に山形将左が答えた。

「わたくしの住まいを見つけるのが目的でございますかね」

「だろうな。一向に間合いを縮めても来ないし、殺気もない」

山形将左が告げた。

「……どうしましょうかね」

昼兵衛が悩んだ。

「もう、教えてやって、襲わせたほうが、簡単に終わりそうな気がしますね」

「それも一つだな。家のなかで迎え撃つのは、用心棒の十八番《おはこ》だ。十人ほどならどうというわけではないが、火を付けられたら面倒だぞ」

「火付け……」

吉原から送りこまれた女によるとはいえ、付け火で店を失ったばかりである。昼兵衛が頬をゆがめた。

「外に人を配せれば、火付けは防げるぞ」

山形将左が言った。

「二人を呼びましょう」

「連絡はつくのか」

海老と和津が、他の仕事で飛び回っているのを山形将左は知っていた。

「日暮れには帰ってくるでしょう。味門での食事はこちらもちとしてありますので」

飯を喰いに戻るはずだと、昼兵衛は述べた。

「あとで近所の者に味門へ使いに行ってもらいまする」

「わかった。では、そうしよう」

昼兵衛の策に山形将左がのった。

日が落ちる前に、林出羽守のもとへ家士が顔を出した。

「申しわけございませぬ。途中で両国《りょうごく》の人混みに紛れてしまい、見失いましてございまする」

家士が頭を下げた。

「残念だが、いたしかたない。浅草から両国橋のほうへ向かったと知れただけでも収穫である」

林出羽守が慰めた。

「帰ったばかりで悪いが、坂部能登守のところへ行ってくれ。山城屋の居場所が知れたかどうかをな」

「ただちに」

家士が駆けていった。

「吾から身を隠せると思っているのか、山城屋」

林出羽守が、表情を消した。

「上様のご治世が後世褒められずともよい。悪名が出たならば、我ら上様のご信任をいただいている者が負えばいい。ただ上様がご存命の間、天晴《あっぱ》れ名君と讃えられればいい。上様のお耳に、よい話だけ届ける。それが寵臣の仕事。そのためならば、なんでもする。これこそ、寵臣の本分なり」

林出羽守が独りごちた。

「執政たちは、松平定信《まつだいらさだのぶ》の配下でしかない。松平定信のやることを奉じて、治世をおこなっている。あまりに厳しい倹約は、金の動きを止める。すでに天下は商人の力なくしては回らぬようになっている。かならず倹約は破綻する。人は一度覚えた楽を忘れられぬし、捨てられぬ。絹の肌触りを知った者は、木綿ものでは満足できぬ。美酒の味を覚えた者は、酸い酒では酔えぬ。締め付けは民の反発を買うだけ」

家斉と十一代将軍の座を争った松平定信は、政争に負け、家臣筋の白河藩へと養子に出された。家臣筋に降りた者は、二度と将軍の座につけぬ。主従の枠を壊すことになることを怖れた徳川家の決まりであった。これは二代将軍となるはずだった家康《いえやす》の長男信康《のぶやす》が死した後、世継ぎとなったのが三男秀忠《ひでただ》であった故事によった。次男秀康《ひでやす》が、結城《ゆうき》家へ養子に出ていたため他姓を継いだとして、家督から外されたからだ。これが徳川の前例となっていた。

「政の失敗は、松平定信が負う。上様に傷を付けぬための老中首座だ。倹約で生まれた恨みは、すべて松平定信に引き受けさせる。問題は、それ以外の部分だ。政に対する不満は表に出やすい。だが、他の反発は目に見えにくい。見えにくいところを探る。それには閨が一番よい」

手あぶりの炭を林出羽守が掘り起こした。

「炭を使うなと松平定信は命じる。しかし、それでわずかな金を残しても、冷えで身体を壊しては意味がない。炭が売れなくて困る炭屋の不満は、倹約を言い出した松平定信に向かう。庶民たちも馬鹿ではない。上様のお名前で出されたものが、誰の指示かわかっている。吾が不安と思うのは、ここではない。炭が売れないことで、どこにどういう影響が出ているか。我ら旗本では感じられぬ裏を探り、手当てする。表に出せぬ不満を男は女にだけ漏らす。身体を重ねた男女の仲は別ものだ。そう男は思いこむ。この女は安心だと。女を制する者が、天下を支えるのだ」

おこった炭の上に林出羽守が手をかざした。

「妾を囲えるほどの力と金を持つ男たちの睦言。それを吾は欲している。妾屋こそ鍵だ。なんとしても山城屋を逃がすわけにはいかぬ」

強く林出羽守が宣した。

「……殿」

「おお、帰ってきたか。いかがであった」

家士の声に林出羽守が応じた。

「知れましてございまする。浅草のあたりを巡回している定町廻《じょうまちまわ》り同心が、存じておったとのことで。山城屋の居所は……」

家士が報告した。

「ご苦労であった。明日、山城屋のもとへ参る。夜明けとともに使いを出せ。昼前に吾が行くゆえ、待っておれと伝えさせよ」

「わかりましてございまする」

「下がってよい」

平伏した家士に、林出羽守が退出の許可を与えた。

門前町を少し離れるだけで、夜は静かになった。

昼兵衛と山形将左、和津の三人が家のなかでひっそりと息を殺していた。

「海老は大丈夫かい」

「逃げ足の速さじゃ、あっしに劣りやすが、狡猾《こうかつ》さでは上回りやすよ。海老が姿を隠したら、まず見つかりやせん」

昼兵衛の危惧《きぐ》を和津が払拭した。

「だといいがね。こんなことで知り合いを失いたくはないからね」

少しだけ安堵《あんど》した顔で昼兵衛が言った。

「山城屋」

じっと太刀を抱えこんで、柱に背中を預けていた山形将左が、目を開いた。

「来たようだ」

山形将左が立ちあがって、太刀を抜いた。

「和津、勝手口を任せる」

「合点《がってん》承知」

懐から匕首《あいくち》を取り出した和津が、音もなく駆けていった。

「山城屋、前に出るなよ」

「わかっておりますよ。わたくしていどじゃ足手まといでござんしょうから」

用意してあった長脇差を昼兵衛は手にした。

「生かしておかなくていいな」

「けっこうでございまする。夜中に人の家に撃ちこんでくるやつなんぞ、殺したところで奉行所も文句をつけません」

確認した山形将左に昼兵衛は告げた。

「家を汚すぞ」

「知られた隠れ家なんぞ、なんの値打ちもございませんよ。明日には引き移るつもりでおりますので」

昼兵衛があっさりと答えた。

「では、遠慮は要らぬな」

言うなり、山形将左が太刀を庭に面した雨戸へ突き刺した。

「ぐえええ」

苦鳴がして、雨戸に大きなものが当たった。

「それで密《ひそ》かに近づいたつもりか。足音くらい殺せ」

あきれながら山形将左が雨戸を蹴り飛ばした。

「くそっ」

外には無頼が三人いた。

「和津のほうには二人か。なんとかなるだろう」

目に入った数と気配で感じたものを山形将左が合わせた。

「ということで、遠慮なく討たせてもらうぞ」

山形将左が庭に降りた。

「伊介《いすけ》、丹蔵《たんぞう》、なんとか二人で浪人の相手をしてくれ。その間に、妾屋を殺す」

一人の無頼が、二人の仲間に指示した。

「わかった。頼む。なんとしてでも、左吉《さきち》が妾屋を殺《や》るまで保《も》たせる」

無頼の一人が首肯した。

「けなげなことだが」

山形将左が、縁側の前に立ちふさがった。

「死ね」

右から無頼が山形将左へ斬りかかった。

「ふん」

太刀で山形将左が打ち払った。

「こいつ」

左の無頼が、その隙に突っこんできた。

「当たるか」

山形将左が、身体を傾けて避けた。

「今だ」

左吉と呼ばれた無頼が、山形将左の右を抜けようとした。

「甘いわ」

体勢を崩したままの山形将左が、右肘《みぎひじ》をたたむようにして太刀を小さく振った。

「ぎゃっっ」

左の臑《すね》から下を斬り飛ばされた左吉が、縁側に転んだ。左吉の手にしていた長脇差が、吹き飛んだ。

「こいつ」

「左吉」

伊介、丹蔵の二人が激高した。

「さて、おまえさんはどこの者だい」

縁側で呻いている左吉に、昼兵衛は近づいた。

「…………」

左吉が昼兵衛を睨みつけた。

「言う気はないと」

昼兵衛が冷たい声を出した。

「じゃ、要らないね」

手にしていた長脇差を昼兵衛は左吉の顔の横に突き刺した。

「…………」

左吉は顔色も変えなかった。

「死ぬ気はできてる……いや、死んでいる。おめえさんたち忘八だね」

「……くっ」

指摘された左吉が顔をゆがめた。

「妙だねえ。吉原は二度と山城屋に手出しをしない約束だ……そうか、おめえたち西田屋の忘八だな」

昼兵衛が気づいた。

「そうだ」

伊介が叫んだ。

「おまえのために、居場所を失った西田屋の忘八だ」

「おかしなことを言うね。悪いのは、手出しをした西田屋甚右衛門だろう。こちらは降りかかった火の粉を払っただけ」

怒りを露《あら》わにする伊介へ、冷めた目を昼兵衛は向けた。

「やかましい。おまえのために、西田屋は潰れた。おかげで、西田屋の忘八は居場所をなくした」

「……どうも話が通じていないねえ。西田屋は三浦屋の下に入ったが、続いている。忘八もそのまま三浦屋に移ったはずだよ」

昼兵衛が首をかしげた。

「だまされるか。三浦屋が欲しかったのは西田屋の遊女と馴染み客だけだ。西田屋の色が付いた忘八は不要だから、近いうちに始末される。そうなる前に逃げ出し、すべての元凶であるおまえに復讐《ふくしゅう》を……」

伊介が涙を流していた。

「国を捨て、親を捨て、ようやく得た居場所だった西田屋から放り出されたら、おいらたちに行き場所はねえ。町奉行所に捕まれば、誰もが首をなくす。西田屋が、命だった」

丹蔵も言った。

「首をなくすようなまねをした己への悔恨とかはないのかい」

「……しかたなかった。殺すつもりはなかった」

「それを殺された人に言ってみたかい。遺《のこ》された者たちは許してくれたかい」

昼兵衛があきれた。

「おれたちも生きたいんだ」

左吉が小さな声で漏らした。

「生きたいのはわたくしも同じ。人を殺す。それは殺されても文句は言えない行為だとわかっているでしょうに。吉原を離れたその足で江戸を出ればよかったのに。どこか人に知れない山奥などで、ひっそりと生きていくことを選べば……」

「畑仕事なんぞ、今さらできるものか」

伊介が反論した。

「やめとけ、山城屋。無駄だ。忘八なんぞ、人じゃねえ。人であれば、遊女たちにあんな折檻《せっかん》などできやしねえ」

山形将左が割って入った。

「こいつ」

丹蔵がもう一度山形将左を襲った。

「…………」

無言で山形将左が太刀を薙《な》いだ。

「ぐへっ」

喉を真横に断ち割られた丹蔵が血を噴いて倒れた。

「どうなっているんだ。おい、次郎吉《じろきち》、三造《さんぞう》」

残った伊介が騒いだ。

「生きているはずねえだろう」

血の付いた匕首を手に、和津が現れた。

「遅れやした」

和津が軽く頭を下げた。

「片づいたかい」

「へい。二人くらいならば、さほど問題もございやせん」

答えた和津の左手から血が流れていた。

「傷を」

「かすり傷でござんすよ」

手を振って和津が滑るように転がっている左吉のもとへ寄った。

「な、なにを」

左吉が震えた。

「誰にそそのかされた」

「…………」

和津の問いに、左吉がそっぽを向いた。

「じゃ、死にな」

和津が匕首を左吉の喉に突っこんだ。

「ひゅっ」

悲鳴もあげられず、左吉が死んだ。

「きさま……」

目の前で冷酷なまねを見せつけられた伊介が、顔色を失った。

「さて……」

太刀を振りかぶった山形将左が、伊介に迫った。

「仲間のところへ行ってやれ。おまえたちの新しい居場所だぞ」

淡々と山形将左が語りかけた。

「ひいっ」

伊介が悲鳴をあげて逃げ出した。

「逃がさぬ」

その後を山形将左が追った。

「わあああ」

叫びながら伊介が加速した。

「なんと速い。人というのは必死になれば、思いきった力が出るものでございますな」

昼兵衛が感心した。

「……もういいだろう」

家の外まで追いかけた山形将左が戻ってきた。

「あとは海老さんのお仕事でございますすな」

うなずいた昼兵衛が雪駄を履いた。

「ちょっと御用聞きのところへ行って参ります」

「こっちの警戒をしたほうがよさそうだな。和津、頼む」

「お任せを」

外出する昼兵衛の護衛を山形将左が、和津に命じた。

「死体が五つもありますからね。奪い返しに来るとは思えませんが、なにかしらいたずらを仕掛けられても困りますし」

西田屋の忘八をけしかけた者がいる。そうわかったのだ。この襲撃の失敗さえも策かも知れなかった。

「じゃ、お願いをいたします」

昼兵衛が家を出た。

わめきながら走っていく伊介を、海老がつけていた。

「さわがしい野郎だ。近所迷惑を考えろ」

海老があきれた。

「…………」

かなり行ったところで、ようやく伊介が足を止め、後ろを振り向いた。

「……いねえ」

伊介が安堵の息を吐いた。

「化けものどもめ。仲間が全部やられた」

罵りながら、伊介が歩き出した。その後をかなり離れて海老がつけた。

「…………」

大川端へ出た伊介が、岸辺にもやわれていた船に乗り込んだ。

「しまった。船か」

海老が頬をゆがめた。

橋はあるが、かなり大回りしなければならない。そんなことをしていれば、まちがいなく伊介を見失う。

「どこに付けるか、それを見るだけでも」

土手の上で呆然《ぼうぜん》と立っていては、周りになにもないだけに目立つ。海老は土手の上に腹這《はらば》いとなった。

「月夜でよかったぜ」

遮るもののない川面である。伊介の船の姿を見失わずにすんだ。

「あの木の根元に付けたな……よし、形を覚えた」

起きあがった海老が川沿いを走った。両国橋を渡り、目印の木を探した。

「……あった。船もある」

縄が軽く木の枝に掛けられていた。

海老が周囲を見た。

「対岸は日本堤のようだな。ということは小梅村《こうめむら》か」

広大な農地のなかに、いくつかの家屋が点在している。江戸からほど近い小梅村は、豪商たちの寮が多い。

「どこに入ったか……」

大回りさせられたお陰で一刻（約二時間）近く浪費している。今さら、伊介を捜すことは無理だった。

「山城屋さんに報告だな」

海老が小梅村を後にした。

三

山城屋昼兵衛の居宅は、御用聞きの蹂躙《じゅうりん》を受けていた。

「下足くらいしていただきたいもので」

「やかましい。てめえら人殺しをしたんだぞ」

御用聞きが文句を言った昼兵衛を怒鳴りつけた。

「殺されかけたので、返り討ちにしただけだ。まさか、黙って殺されていろなどと言うまいの」

「…………」

山形将左の皮肉に御用聞きが黙った。

「こいつらが、いきなり襲いかかってきたのはまちがいねえな」

「でなければ、こんなところに死体は転がっちゃいねえよ」

念を押した御用聞きを和津が鼻先で笑った。

「てめえ。御上の御用を承るおいらを馬鹿にする気か」

挑発に御用聞きが憤《いきどお》った。

「やめなさい、和津さん。さっさと調べを終えてもらわないと、寝られませんでしょう」

「すぃやせん。山城屋の旦那」

たしなめられた和津がわざとらしく首をすくめてみせた。

「てめえ、いい度胸だな。ちょっと大番屋まで来てもらおうか。妾屋なんぞ、叩けば埃《ほこり》が出るに違いねえ」

御用聞きが十手《じって》を昼兵衛の顎《あご》に当てた。

「やめておいたほうがいいぞ」

山形将左が御用聞きを見た。

「妾屋はどこに繋がっているか、わからぬからな。町方がどうこうできる相手だとは限らないぞ」

「……ちい。旦那が来るまで待ってやる」

脅された御用聞きが十手を引いた。

旦那とは、御用聞きに十手を預けている町方同心のことだ。御用聞きには、人を捕まえるだけの権がなかった。町方同心が側《そば》におり、その命を受けてならば、町人にかんしてだけ捕縛できる。

「お待ちしますとも」

昼兵衛が笑った。

「ちっ。おい、家捜しをしろ。何が出てくるかわからねえ。床下も、畳も引っぺがして調べろ」

舌打ちした御用聞きが、手下たちに命じた。

「どうだ。わざわざ御用聞きを呼んだのは、裏で繋がっていないかどうかを見極めるためだろう」

御用聞きが離れていくのを見送って、山形将左が問うた。

「あのていどの間抜けじゃ、かかわりございませんな」

昼兵衛が首を横に振った。

「同心はどうだ。なにせ町方とは一度敵対している」

　山形将左が危惧していた。

　かつて八重を妾にしようと強引な手を使った豪商に金で釣られた町方同心が、昼兵衛を陥れようとしたことがあった。林出羽守を通じて町奉行坂部能登守を動かし、町方同心とそれに与《くみ》した与力たちを退けたが、そのときの確執が消えたとは言いきれなかった。

「今、ここにいませんからね。おそらくは大事ないと」

「では、今度のことは町方は絡んでないか」

　昼兵衛の推測に、山形将左が緊張を解いた。

「つぎに牢《ろう》へ入れられるのは、まずい」

　先日は、山形将左が町方に捕らえられ、大番屋の牢に閉じこめられた。

「坂部能登守さまの釘刺しがなければ、殺されそうでございましたしね」

　昼兵衛も嫌な顔をした。

　浪人は、両刀を差すのを黙認されているだけで、身分からいえば町人でしかない。町方に逆らうことはできない。そして、町方は取り調べと称して、拷問を加えられる。拷問の最中に死んでしまうなど、日常茶飯事なのだ。

「旦那」

そこへ海老が帰ってきた。

「ご苦労だったね。後で」

御用聞きの耳目があるところで、話などできない。昼兵衛は海老に黙るよう合図をした。

「へい」

首肯した海老が、和津の隣に座りこんだ。

「いつ見ても山形さまはすさまじいな」

縁側で死んでいる左吉へ海老が目をやった。

「勝手の外でも二人死んでいるぜ。そっちはおいらがやった」

淡々と和津が告げた。

「たしかに、情けをかけてやる理由はねえな。おいらでも同じことをするさ」

海老も感情のない声で応じた。

「また、おまえか」

かなり待たされ、白々と夜が明けかけたころ、南町奉行所臨時廻り同心の水原《みずはら》がやってきた。

「またでございますよ。善良な商人が何度も命を狙われる。一体、どうなっているんでしょうねえ」

昼兵衛が嫌みを返した。

「町方が足りねえと言うか」

水原が気色《けしき》ばんだ。

「そのようなことは申しておりませんが」

「いきがるのも大概にしておきな。今は能登守さまの庇護《ひご》があるが、いつか奉行は代わる。きさまを守っていた鎧《よろい》がなくなったとき、痛い思いをしたくなきゃ、言動には注意することだ」

憎々しげに水原が脅しをかけた。

「せいぜい気をつけましょう」

「気にいらねえ」

まったくこたえた風もない昼兵衛に、水原が苛ついた。

「旦那」

御用聞きが呼んだ。

「どうした、鉄《てつ》」

「こいつを」

死んでいる左吉の胸をはだけさせていた鉄が、指さした。

「……このお題目の入れ墨は、冥途《めいど》の左吉か」

「一年で七軒の押し込みをして、三人の女を絞め殺した左吉の特徴とすべて一致しやす。胸の入れ墨、左肩の傷、右肘の噛《か》み跡。左吉にまちがいありやせん」

驚く水原に鉄が首肯した。

「左吉のご手配は、江戸だけじゃねえ。京、大坂、駿河《するが》にも出されている。見かければ、惣出役がかかるんだぞ。そいつが江戸にいるとは思えねえ」

惣出役とは、与力が指揮し、同心、小者《こもの》が総出で捕縛に出るもので、よほどの場合だけにおこなわれる。

「一カ所だけ隠れるところが、ございまする」

「……吉原か」

鉄の言葉に、水原が頬をゆがめた。

「だが忘八になったならば、看板の半纏《はんてん》を身につけず、大門は出ない決まり。出れば、捕まえられても文句は言えねえ。それが妾屋を襲う。山城屋、てめえ、まだ吉原ともめているのか」

水原が、勢いよく昼兵衛を振り返った。

「ご冗談を。吉原の新惣名主さまとは、友好なおつきあいをしていただいておりますよ」

昼兵衛が否定した。

「鉄、残りの連中も調べ上げろ。素裸にして、ふんどしのなかまであらためろ」

「へい」

命じられた鉄が、丹蔵の死体へと向かった。

「話を聞かせてもらう。ちょいと大番屋まで来てもらおうか」

水原の顔つきが変わった。

「言わずともおわかりでしょうが」

わざと昼兵衛が言葉を止めた。

「わかっている。おめえが尾張さまの藩士格だということを忘れちゃいねえよ。だが、見過ごすわけにもいかねえ。もし、吉原の忘八が、また外で暴れたとなると、まずい。二度も町方の面《つら》に泥塗られるわけにはいかねえ」

町方と吉原には、互いに干渉しないという暗黙の盟約があった。それを吉原は一度破っている。それを町奉行所は見逃した。いや、町方の一部が自らの意思で吉原の暴挙を助けた。

表沙汰にできなかったが、町方の愚行は大きな傷跡を残している。その傷に薄皮が張る前に、塩をなすくられたようなものだ。水原が怒り心頭になるのも当然であった。

「話だけならば、ここでもよろしゅうございましょう」

「いや、ことがことだ。南だけで片づけていい問題じゃない。北にも知っていてもらわなきゃならねえ。南と北が一緒にとなれば、大番屋が便利なんだよ」

面倒くさがる昼兵衛に、水原が述べた。

「わたくしとしても不意のことで、なにがなんだかわかっておりませぬ。お話しできるとは思えませんが……」

「かまわねえ。先ほどの無礼は詫びる。頼む」

　水原が頭をさげた。

「……わかりました。では、大番屋まで参りましょう」

　ここまでされて、まだ拒否するのは、町方を完全に敵に回す覚悟が要る。昼兵衛は尾張藩士としての身分があるため、町奉行所になにかされる恐れはないが、山形将左、海老、和津まではかばえない。なにより、昼兵衛は妾屋として、山城屋に出入りする客や女を守らなければならないのだ。

「すまねえな」

　水原が先導するように、家を出た。

「率爾《そつじ》ながら」

　少し歩いたところで、昼兵衛の前に一人の武士が立った。

「なんでございましょう。少し急いでおりまする。申しわけございませんが、道をお訊きになるなら、他の人に……」

「山城屋どのでございますな」

断ろうとした昼兵衛に武士が押し被《かぶ》せてきた。

「さようでございますが……あなたさまは」

「ちょっと待ってもらおうか」

間に水原が割りこんだ。

「悪いが、山城屋は御用の筋で、今から出かけるところなんだ。明日にでも出直してくれ」

水原が武士に手を振ってみせた。

「さようでございましたか。御用とあれば、いたしかたございませぬが、わたくしもこのまま帰るわけには参りませぬ」

武士が続けた。

「わたくし、林出羽守の家士でございまする。主から、本日お邪魔をいたしたいゆえ、ご在宅願うとの言伝《ことづて》を預かっております」

「出羽守さま……」

出された名前に、水原が苦虫を噛み潰したような顔をした。

当代一の寵臣である林出羽守の前では、町奉行でさえ駒《こま》でしかない。町方同心など簡単にひねり潰せる。

「…………」

無念そうな表情で、水原が下がった。

「出羽守さまのお召しでございますか。畏れ多いことでございまする。ですが、陋《ろう》屋《おく》にお出でいただくのはあまりに申しわけございませぬ。何より、昨夜賊によって汚れたところへ、お運び願うなど論外でございまする」

ていねいな口調で昼兵衛が述べた。

「御用がすみ次第、お屋敷へ伺わせていただきまする。そのようにお伝えいただけませぬか」

昼兵衛は後で行くと家士に告げた。

「……御用をおすませ次第、お出でくださると」

「お約束いたしまする。その足でお屋敷へ向かわせていただきまする」

昼兵衛が強くうなずいた。

「ということでございまする。ご配慮を」

家士が水原へ目を移した。

「承知いたしております る」

相手は家士、陪臣《ばいしん》である。とはいえ、林出羽守の家士ともなれば、下手な旗本よりも権を持つ。水原がていねいに応じた。

「では、後ほど」

家士が一礼して去っていった。

「…………」

見送った水原が、なんともいえない目で昼兵衛を見た。

「林出羽守さまの言葉を変えられる。それだけじゃねえ。終わってすぐに行くといったことで、こっちの拘束に制限をかけた。てめえ、ただの妾屋じゃねえな」

臨時廻りは定町廻りを長く勤めあげた熟練の同心から、数人しか選ばれない。水原はしっかりと昼兵衛の意図を見抜いていた。

「急ぎましょう。出羽守さまは、賢いお方ではございますが、上様のお側去らずと言われているお忙しいお方。あまり待たせては、障《さわ》りも出ましょう」

「わかっているさ」

昼兵衛の促しに、水原が口の端をゆがめた。

四

大番屋での聴取という名の取り調べは、林出羽守の登場で手ぬるいものになった。

「北町の……他に訊きたいことは」

「いや、南町の担当でござれば、そちらで」

「なんの、前の吉原騒ぎは南で請け負いました。今度はそちらが筋でございましょう」

どちらも互いに疫病神と化した昼兵衛を押しつけあい、まともな話もできなかった。

「もう、よろしゅうございますか。林さまをお待たせしておりますので」

あきれた昼兵衛は切り札を口にした。

「あ、ああ」

水原がしぶしぶながら首肯した。

「あとの三人は残ってもらうぞ。訊きたいことがまだある」

山形将左、海老、和津はこれからだと水原が言った。

「御用に逆らうつもりはないが、侵入者を討って罪に落とされては、用心棒というものはなりたたんぞ」

「あっしはお役にたてやせんがね。その場にいなかったもので」

「襲われたから抵抗しただけでござんすが」

三人が口々に、文句をつけた。

「きさまら……」

北町奉行所の与力が、顔を赤くした。

「みなさま、いけませんよ」

昼兵衛が口を挟んだ。

「御上の御用に協力するのは、義務でございますよ」

「そうだ。よくわかっているな」

「…………」

北町の与力が勢いづき、水原が疑わしい目をした。

「事実をお話しするだけでございましょう。すぐに終わるはず。わたくしは林さまのところでお待ちしていますので」

「やっぱり……」

「……」

長引かせたり、嫌がらせをしたら、林出羽守に言いつけるぞと宣したにひとしい昼兵衛に、水原が嘆息し北町の与力が嫌そうに顔をゆがめた。

「わかった。山城屋も気をつけてな。昨日の今日だ。なにがあるかわからぬ」

山形将左が昼兵衛に忠告した。

「わかっておりまする。日中でございますからね。さほどのことはないと思いますが、十分注意いたしまする」

昼兵衛が首を縦に振った。

「待て。おい、二人ほど付いていけ」

南町の与力が、大番屋に待機している小者に命じた。襲われたばかりの昼兵衛から用心棒を引きはがしたのだ。これで昼兵衛になにかあれば、この場にいる町方の責任問題になった。

「お気遣い畏れ入ります。では」

礼を口にして、昼兵衛は大番屋を出た。

半刻（約一時間）ほどで昼兵衛は林出羽守の屋敷に着いた。

「お待ちしておりました」

昼兵衛が訪《おと》ないを入れる前に、潜りが開いて先ほどの家士が顔を出した。

「……これはお出迎えありがとうございまする」

足を止めて、昼兵衛はていねいに頭をさげた。

「主がお待ち申しております。どうぞ、奥へ」

「お邪魔をいたしまする」

家士に続いて昼兵衛も潜りを通った。

林出羽守は、笑って昼兵衛を迎えた。

「よくぞ、来た」

「お呼びとのことでございますが……」

「まあ、座れ。朝餉もまだであろう」

用件をと口にした昼兵衛を、林出羽守が制した。

「どうぞ」

　合わせたように、家士が膳を持ってきた。

「いや、このようなおもてなしをいただくわけには」

「吾もまだ食べていないのだ。相伴《しょうばん》くらいしてくれてもよかろう。一緒に喰おうと思って待っていた吾へ悪いと思うならばの」

　林出羽守が遠慮する昼兵衛を押さえこんだ。

「申しわけありません」

　そう言われては、昼兵衛は従うしかなかった。

「なにもないぞ。旗本というのは、表から見るより内証《ないしょう》は苦しいからな」

「とんでもございませぬ。比べるのも失礼ではございますが、わたくしどもの膳に比べれば、はるかに」

　昼兵衛が手を振った。

「喰うぞ」

　林出羽守が箸をつけた。

「これは、見事な」

炊きたての白米、豆腐の味噌汁《みそしる》、漬けもの、鰯《いわし》の干物だけの朝食だったが、しっかりと調理された食事は、昼兵衛をして感心させた。

「代わりはどうだ」

からになった茶碗を家士に突き出しながら、林出羽守が昼兵衛に遠慮するなと言った。

「では、遠慮なく」

昼兵衛も茶碗を出した。

「さて、腹もくちくなったところで、話をしよう」

食事を終えた林出羽守の目つきが厳しくなった。

「吾の前からも姿を消すつもりだったのではなかろうな」

「出羽守さまから隠れる。できませぬ」

「やってやれないことはなかろう」

追及の手を、林出羽守は緩めなかった。

「すべてを捨てるつもりならばできましょうが……しがらみが身に染みついてしまいましたので」

昼兵衛が首を左右に振った。

「しがらみか……面倒なものだな」

林出羽守が繰り返した。

「しかし、愛《いと》おしいのだろう、そのしがらみが」

「はい」

柔らかい声で口にした林出羽守に、昼兵衛が同意した。

「わかった。で、なにがあった」

林出羽守が昼兵衛に問うた。

「もうよろしいので」

あっさりと連絡を取れないようにしていたことを許した林出羽守に、昼兵衛が確認した。

「しがらみに搦《から》め捕《と》られた者は、逃げられぬ」

「出羽守さまも」

二人が顔を見合わせた。

「ああ。吾は上様、そなたは女。ともに太いしがらみだな」

「己の命よりも太いしがらみ……重うございますな」

昼兵衛もうなずいた。

「では、申せ」

もう一度、林出羽守が促した。

「昨夜、襲われましてございまする」

「なんだと……またか。誰だ」

驚いた林出羽守が、敵の名前を問うた。

「どうも一手ではなさそうで。じつは、先日、地主から……」

再建できなかったところから、昼兵衛は話した。

「……ほう」

聞き終わった林出羽守が、腕を組んで思案に入った。

「昨日のは、吉原の残党か。無理もないな。吉原に重きをなしていた西田屋を放逐したのだ。恨み、逆恨みどちらを受けてもしかたないだろう」

当然だと林出羽守が、流した。

「それに吉原の残党くらいならば、どうにでもできよう。吉原を手に入れたおまえならばの」

「吉原を手に入れたとは、とんでもないことで。新しい吉原の惣名主さまと話がつうじているだけでございまする」

誤解だと昼兵衛が首を左右に振った。

「ふん。まあいい。問題はもう一つのほうじゃ。妾屋に手を伸ばしてくるとは」

林出羽守が難しい顔をした。

「妾屋の帳面を手に入れて、なにをしたいのだ。まさか妾屋をしたいわけではなかろう。であれば、妾屋のなにを欲しているのだ。女を大名に与え、その子供ができるのを待つなど、あまりに迂遠《うえん》。血筋云々《うんぬん》までいくとしたら、数代かかる」

「手間を掛けても、名前が欲しいというお方もおられまする。御武家さまにはおわかりになりにくいことでしょうが、庶民にとって身分というのは、けっこう悔しい思いをするものでございまして」

昼兵衛が述べた。

「それはわかるが……あまりに現実から遠い。己が生きている間に結果が出ないことを、人を殺してまで欲しがるなど、吾にはまったくわからぬ。己が死んでしまえば、そこからさきは、どうなろうがかかわりないではないか。それよりも今がよくなるよう、手を尽くすべきであろう」

林出羽守が納得できないと言った。

「吾ならば、孫の代のために無理をするより、手に入れた妾屋の帳面から顧客の弱みを握り、利を手に入れる。そちらのほうがまだ現実だろう」

「さすがでございますな」

すなおに昼兵衛は認めた。

「妾屋は、その気になれば、力を握ることも、金を手にすることも容易でございまする。それをしない者だけが妾屋として暖簾を受け継いでいける。その誘惑に耐えきれず、店を潰した者、命を失った者は……」

「やはりそうか。でなければ、妾屋など続かぬわの」

昼兵衛の言葉に、林出羽守が納得した。

「吾の他に妾屋の裏に気づいた者が、他にいたとはの」

「…………」

肯定するわけにもいかず、昼兵衛は沈黙した。

「敵の予想はついているのか」

「探ってはおりますが、まだ」

確認した林出羽守に、昼兵衛は苦渋の表情で答えた。

「上様の江戸の町で、馬鹿なことを考える者がいるなど、許されない。なによりも妾屋の持つ力を上様以外の者に使わせるわけにはいかぬ」

林出羽守の目が光った。

「……………」

昼兵衛はなにも言えなかった。うかつな返答は、将軍第一の林出羽守の怒りを買うことになるからである。

「手がいるなら申せ」

「ありがとう存じまする」

後ろ盾になってやると言った林出羽守へ、深く昼兵衛は腰を折った。

「さっさと片づけよ。そなたには、大きな役目がある。そちらこそ重要」

「お引き受けいたした覚えはございませんが……」

「無駄なまねをするな」

抵抗しようとした昼兵衛に、林出羽守が釘を刺した。

「そなたはもう、吾《わ》が手のなかじゃ。嫌ならば、江戸を捨てよ。帳面を吾に渡してな」

「それは……」

昼兵衛が口ごもった。

「どうすればいいか、わかっておろう。女と客を守りたいのならばな」

「…………」

勝ち誇る林出羽守に、昼兵衛は無言で頭を下げるしかなかった。

第三章　過去の因縁

一

吉原の夜は、世間が動き出してから訪れる。

前夜泊まった馴染み客を送り出した遊女たちは、朝餉を食べることもなく眠りにつく。いくら馴染み客とはいえ、そうそう吉原に足を運べない。一カ月に一度でも来られればいいほうなのだ。それまでの間、他の女を抱いていないとなれば、我慢していたもののすべてを遊女にぶつけるのも無理はない。そして、遊女は久しぶりに来た馴染み客の欲望を何度となく受け止めさせられる。まさに、寝る間もない。

それでも文句は言えなかった。吉原遊女は気に入らない客を振る権利を持っているとはいえ、これは格式を高めるためのものであり、実際はほとんどできない。

振れば、その客は二度と来なくなる。

もともと吉原のしきたりが、他の遊郭と違いすぎている。

吉原は、遊女と客を夫婦に見立て、一度決めた敵娼《あいかた》を変えさせない。これは、かつて江戸に吉原しか遊郭がなかったときの名残《なごり》だとされている。客よりも女が極端に少ない状況をなんとか軽減するため、吉原が考え出したのが、この馴染みというやりかたであった。

敵娼を決めた客は馴染みと呼ばれ、専用の浴衣、湯飲み、箸などを用意される代わり、他の見世《みせ》へ揚がることは御法度になる。

吉原以外の遊郭が乱立し、かつての意味を失った馴染みだが、今でも吉原は厳格に守り続けている。

一人の金持ちが、何人もの遊女を独占できないように考え出したとか、一人の遊女を巡って客たちがもめるのを防ぐためとか、いろいろ理由はつけられているが、要は客を見世に縛り付けておくためのものであった。

当然、馴染み客の多い遊女は、見世にとって貴重である。逆に、馴染み客を振って、減らすような遊女は困る。もちろん、しばらくさぼっていた客を焦《じ》らすために、閨ごとを拒むとかの手練手管《てれんてくだ》は許される。男というものは、浅ましい。抱けないとなれば、いっそう欲しくなる。そこで遊女は、客に間を空けず来てくれるように強《ね》請《だ》る。これも見世に金が落ちる方法であった。

だが、単に体調が悪い、客の顔が気に入らない、その気にならないなどで、振るのはよろしくなかった。

女の所作としてすねてみせ、閨ごとを拒んで背中を向ける。これはかわいいとして客も喜ぶ。しかし、あなたが嫌だからでは、客も怒る。その遊女から、他の遊女へ移るだけならまだしも、見世を変える、あるいは吉原を見限るとなってしまうかも知れない。

そんなまねをした遊女は、見世から折檻された。飯を抜かれる、見えないところを打擲《ちょうちゃく》されるなど、痛い目に遭う。

しかたなく遊女は、客の求めに応じ、一夜中腰を振るのだ。

それが毎夜である。馴染み客を送り出したあとは、意地もなく眠りこけてしまうのも当然であった。なにせ、昼からの客が来る八つ（午後二時ごろ）には、身支度を整えて見世に出なければならない。そしてふたたび夜の苦行が始まるのだ。

寸刻も惜しんで、遊女たちは寝た。

遊女たちは眠っても、吉原は動きだす。客の使った夜具の交換、部屋の掃除、宴席の片づけなど、しなければならないことは山ほどある。

これをするのが、吉原の男衆、忘八であった。

吉原の新惣名主となった三浦屋四郎左衛門が、忘八を呼んだ。

「安八《やすはち》」

「へい」

すぐに安八が小腰を屈めた姿勢で近づいてきた。

「山城屋さんからお知らせをいただいた件、調べはついたのか」

三浦屋四郎左衛門の目つきが厳しいものになった。

「申しわけございません。どうやら西田屋から三名消えていたようで」

安八が詫びた。

「勘定があわないようだが……山城屋さんを襲った者は全部で六人いたそうだ」

「他の見世にも問い合わせをかけておりやすが、まだ」

問われた安八が身を縮めた。

「会所はなにをしていたんだい。忘八が出ていくのを見逃すなんぞ」

　不機嫌な声を三浦屋四郎左衛門が出した。

「まったく言いわけもできやせん」

「それもしっかり調べ上げるんだよ。もし、会所を預かるこの三浦屋の忘八が、西田屋の忘八が抜けるのを手助けしていたなんぞとなれば、吉原は終わるよ」

　吉原の忘八は、生涯大門内にくくられる。その代わり町方の追捕《ついぶ》を受けない。吉原の庇護を受けた形で生存を認められている忘八が、その恩を捨てて出ていくなど許されていい話ではなかった。

「承知いたしておりやす」

　安八が決意の籠《こ》もった顔をした。

「絶対に捜し出しなさい。新しくなった吉原で、わたくしに逆らう者が出るなど論外」

「お任せを」

「ところで、大月さまと八重さまはいかがなさっている」

　三浦屋四郎左衛門が話題を変えた。

「お静かになさっておられまする」

「ご不自由ないように気を配りなさい。あのお二人は山城屋さんからの預かりもの。なにがあっても守らなければなりません。少しでも借りを返しておかなければ、吉原は山城屋さんに頭があがらないままだよ」

「はい」

厳命する主に、安八は頭を下げた。


三浦屋の奥、庭にしつらえた茶室に大月新左衛門と八重は籠もっていた。

「お薬を替えまする」

「すまぬ」

八重に促された新左衛門が、もろ肌を脱いで、うつぶせになった。

「ごめんを」

背中に巻かれた晒布《さらしぬの》を、八重がていねいに解いた。

「…………」

八重が傷をじっと見た。

新左衛門の背中の傷は山形将左との戦いでついたものである。深くなくすんだとはいえ、筋のいくつかが傷つき、新左衛門の動きを妨げている。

「……傷が少し乾いてきたように思いまする」

ほっと八重が息を漏らした。

「膏薬《こうやく》を塗りまする」

医者からもらった塗り薬を、新しい晒布につけ、そっと新左衛門の背中に張る。

「………」

傷口に薬がしみるのを新左衛門は無言で耐えた。

「巻きまする」

それを固定するように、別の晒布を新左衛門の身体に回していく。

「終わりましてございまする」

八重が手を離した。

「かたじけない」

古い晒布の処分をしている八重へ新左衛門が頭を下げた。

「こちらこそ、お礼を申しあげまする」

八重が手を振った。

「新左衛門さまのお世話ができる。やっとご恩の少しを返せまする」

「……恩などと」

新左衛門が苦く頬をゆがめた。

「いいえ。恩でございまする。伊達家のお家騒動で殺されるはずだったわたくしを、命がけで守ってくださっただけでなく、そのために藩士の籍を失われた。どうしてご報恩しようかと悩んでおりました」

「…………」

「もちろん、大恩がこのていどのことですむなどとは思っておりませぬ」

「いや……」

「おまちがえくださいますな」

口を開こうとした新左衛門を、八重が遮った。

「わたくしは弟のために、一度身を売りました」

「…………」

新左衛門は黙った。

八重の実家菊川《きくかわ》家は、藩の財政窮乏を理由に浪人させられ、両親は失意と窮乏のうちに亡くなった。

「なんとしても菊川の家名を……」

父の遺言を果たすべく、八重は弟に学問を付けさせようと考えた。これからは武ではなく文の時代だと考えたからだ。

なれど、親の病で医者を呼ぶことさえできない貧しい生活で、弟に学問をさせることなど無理である。やむなく八重は、吾が身を売った。

武家の出である八重には、気品と教養があった。まだ浪人する前、八重は良家の娘としての素養を身につけていた。そのおかげで、八重は山城屋昼兵衛の手配で、仙台藩伊達家当主斉村《なりむら》の側室となった。

そこで八重は伊達家のお家騒動に巻きこまれ、藩士だった大月新左衛門と知り合った。

「はっきりと申しあげまする。わたくしは金のために身を売りました。伊達さまは尊敬にたりるお方ではございましたが、一度も愛しいという想いは湧きませんでした。愛しくもない殿方に身体を開く、女にとってそれがどれだけ嫌なことか……」

「八重どの……」

苦渋に満ちた八重の顔に、新左衛門は息を呑んだ。

「もう生涯、閨ごとなどすまいと。弟が一家をなした暁には、尼寺にでも入って、終生両親の菩提《ぼだい》を弔って過ごそうと決意しておりました」

八重が新左衛門を見た。

「ですが、その意をあなたさまが折った。わたくしを女に戻したのでございます。女というものは、好んだ殿方の子を孕《はら》みたいと思うもの」

「では……」

新左衛門が身を乗り出した。

「お身体が良くなられてからでございますが……」

「かたじけない。いや、違う。吾から願わねばならぬ。八重どの、吾の妻となってくださらぬか」

「ふつつか者でございまするが、よろしくお願いをいたしまする」

新左衛門の求めに、八重が三つ指を突いて応じた。

「お薬がそろそろなくなりまする。ちょうだいして参りまする」

頬を赤く染めた八重が、急いで出ていった。

「あっ……」

止める間もなく出ていった八重に、新左衛門は落胆の声を漏らした。

「……いかんな。八重どのがいなくなるわけではない。もう、その心配はなくなった。代わりに、吾には重い責が生まれた。八重どのと、いずれこの世に生まれて来るであろう子供を終生守らねばならぬという責任が」

新左衛門は右手を動かしてみた。

「……少し痛む」

続けて左手を新左衛門は振った。

「やはり痛みのために、わずかだが身が縮んでしまっている。間合いを五寸（約十五センチメートル）なくさねばならぬな」

新左衛門が嘆息した。

「このままなにごともなく、生涯を過ごせるとは思えぬ。すでに吾も八重どのも、山城屋どのと深くかかわってしまっている。今さら逃げるわけにもいかぬし、見逃してくれようはずもない。となれば、戦うのみよ」

強く新左衛門は意を決した。

薬は医者だけのものではなかった。いや、庶民にとって医者に通って薬をもらうより、薬種商で購《あがな》うほうがありがたかった。医者に払う礼金が不要だからだ。

八重は吉原会所に顔を出した。吉原の会所は、廓内《くるわ》の治安の維持にも責任を持つが、それ以上に、足抜けしようとする遊女が出ていかないよう見張るのが職務であった。八重とはいえ、無断で大門を出るわけにはいかなかった。

「大月さまの薬を買いに参ります」

「あっしらが行きますので、奥方さまはお戻りを」

会所の忘八が八重を止めた。

忘八は見世の看板である半纏を身につけていれば、大門より外へ出ても許される。

「申しわけなさすぎまする」

衣食住を頼っているうえに、雑用までさせては気兼ねだと、八重が首を左右に振った。

「とんでもない。山城屋さんには、吉原を救っていただきやした。その対価をお支払いしておりやせん。少しでも返させていただかないと、こちらが困りまする」

忘八が慌てた。

「恩……」

八重が呟いた。

「ならば、お願いをいたしましょう。恩を受けたままでいるのは辛いものでございますゆえ」

「……ありがとうござんす」

理解を示した八重に忘八が頭を下げた。

「いいえ。わたくしも同じでございますれば」

八重が小さく笑った。

「兄貴、大門開扉の刻限で」

若い忘八が割りこんだ。

「おう。開けな」

忘八がうなずいた。

清掻《すががか》きと呼ばれる吉原芸者の三味線が始まった。大門が開くと始まり、閉まると止む。一日中、吉原で鳴らされている三味線は、うきうきと客の心を浮つかせるためのものであった。

「すいやせん、そろそろ大門開けの刻限でございますので、急《せ》かすようでございますが、買うお薬の内容をお願いいたしやす」

「紙と筆をお借りできましょうか」

「どうぞ、これを」

八重の注文に、忘八が紙と筆を渡した。

「お願いをいたしまする」

薬の名前と店の所在地を書いた紙を、八重が忘八に渡した。

「たしかに。お預かりいたしやす」

忘八が紙を懐へ入れた。

「些少《さしょう》ですが」

「とんでもない」

心付けを出そうとした八重に、忘八が慌てた。

「いえ。これくらいお受け取りいただかねば、気兼ねでたまりませぬ」

八重が無理矢理に押しつけた。

「そうおっしゃってくださるなら……遠慮なく」

忘八が心付けを押しいただいた。

「お願いをいたしまする」

一礼して、八重が会所を出た。

「あれは……」

三人連れで大門を潜った藩士風の先頭にいた武家が八重の姿を認めた。

「どうした、土生《はぶ》」

連れの藩士が訊いた。

「あれは八重さまではないか」

「どれ……」

言われた藩士が、目をやった。

「似ているな」

「山岸《やまぎし》、おぬしもそう思うか」

「ああ」

山岸と呼ばれた藩士もうなずいた。

「吉原にいるということは……」

「遊女になったと考えるしかないぞ」

二人が顔を見合わせた。

「なんのことだ」

残された一人が、話に加えろと口を出した。

「そうか、国元仙台から出てきたばかりのおぬしは知らぬか。先代の江戸での側室に八重という女がいた。いろいろあって縁を切られ、藩邸から放逐されたのだが……その女があれだ」

土生が八重につけていた敬称を取った。

「あの三浦屋へ入って行った女か」

「そうだ。拙者は先代のお側で小姓を務めていたのでな。なんどかその顔を見たことがあるゆえ、まちがいない」

「ああ。儂《わし》は奥向き御用で側室方の世話をしていた。あれは八重だ」

土生と山岸が断言した。

「だとすれば、大問題だぞ」

最後の一人が大声を出した。

「鎮まれ、田中《たなか》」

「大声を出すな」

「すまん」

二人から叱られた田中と呼ばれた国元の藩士が詫びた。

「なにかございやしたか」

会所の前で騒いだのだ。忘八が出てきて当然であった。

「いや、なんでもない」

「うむ。すまなかったな。ひさしぶりの吉原に浮かれてしまったようだ」

土生と山岸が手を振った。

「今日は帰ろう」

「ああ」

「だの」

三人が踵を返した。

「変な野郎だぜ。久しぶりの吉原に浮かれたと言いながら、見世にあがることもなく帰るだと」

見送った忘八が首をかしげた。

あわただしく大門を出た三人は、吉原大門から伸びる五十間道にある編み笠茶屋の一つに入った。

吉原通いを知られたくない者が顔を隠すために使う編み笠を貸し出すここは、他人から気がつかれにくい構造になっている。客座敷はすべて個室であり、どこに誰がいるかを知ることはできない。

「ここならば安心だ」

土生が二人の顔を見た。

「どうする。このままにはできぬぞ」

山岸が顔色を変えた。

「そうじゃ。前藩主公の側室が、吉原で春をひさいでいるなどと世間に知られては、伊達の恥だ」

田中が強い口調で言った。

「ああ」

土生も同意した。

藩主の側室は、その死をもって役目を放たれる。とはいえ、自在にさせるわけにもいかなかった。大名にとって面目を保つほど重用なことはなかった。用ずみになった妾とはいえ、その余生に責任を持つのが慣例であった。

もっとも、ぎりぎり喰えるていどの扶持《ふち》をくれてやり、藩とかかわりのある尼寺に押しこむのが関の山だが、それをしていないとなれば、あそこは金がないという悪評を生む。

まして、その妾が吉原で遊女になっていたなど論外である。

藩主公の胤《たね》を受けた身体を、庶民の、それも不特定多数の男に任せる。これほどの恥はない。

「金を積んで身請けするか」

「安くはなかろう。八重は前の殿が寵愛なさったほどの美形だ。百両や二百両で身請けできるとは思えぬ」

「高尾《たかお》太夫《だゆう》の二の舞はできぬぞ」

田中が首を左右に振った。

高尾太夫とは、吉原で代々受け継がれてきた名妓の名前である。十一代まで続き、仙台藩とかかわりのあったのは二代目の高尾太夫である。

江戸一の美女とうたわれた高尾太夫が仙台藩三代藩主伊達綱宗《つなむね》によって落籍された。そのときの金額が、千両とも四千両とも言われている。もっとも綱宗は、吉原の太夫を身請けするなど、放漫な性格で、騒動を起こし、若くして隠居させられた。

「そんな金はないぞ」

土生が言った。

藩主の急死による跡目相続でかなりの無理をせざるを得なくなった伊達は、少なくない金を遣った。一応、末期養子は認められているとはいえ、伊達くらいになるとすんなりとはいかない。幕府はなんとかして徳川の血筋の男子を藩主として押しこもうと画策する。他の藩でもいきどころのない次男や三男の養子先として目を付ける。

それぞれに利があり欠点がある。藩内も大きく揺れる。事実、斉村の養子に家斉の子をという声が、一時大きくなった。それらを押さえこむのに、伊達は要路に金を撒《ま》き、ようやく血筋の相続を認めてもらったのだ。藩庫に余裕はなかった。

「金があっても、仙台藩伊達家が吉原の女を身請けしたなどと噂になってはまずい。どこからどう経緯が漏れないともかぎらぬ」

田中が懸念を口にした。

吉原の遊女は、男たちのあこがれである。もともと男女の比が大幅に男に傾いている江戸では、妻や妾を持てるのは、ごく一部の裕福な者だけであった。相手がいないから、男たちは稼いだ金で吉原に通う。そこで馴染みの女を作り、欲望を解消し、睦言をかわして男女の情を経験する。たった一夜のこととはいえ、夢のようなときなのだ。吉原の遊女に格別な思いを寄せる者は多い。だが、身請けできる者はそうそういない。

吉原の遊女は、誰もが借財の形として、大門内にくくられている。幕府による人身売買、年季を決めない奉公の禁止のため、吉原の遊女は二十八歳までと決められてはいる。もちろん、抜け道はあり、借財を返しきれなかった遊女は別の見世へと移籍して、身体を売り続けなければならないようになっている。が、決まりは二十八歳である。その遊女を身請けするには、二十八歳まで残っているだろう借財を一気に肩代わりしなければならないのだ。

そもそも吉原は、女が稼いだからといって、途中でその身柄を解放するような場所ではない。もし、そうならば、苦界と言われるはずはなかった。

吉原の遊女は、身を落としたとき以上の借財にさいなまれるように仕組まれていた。まず、その衣装である。衣装の代金は、遊女の借財に付け加えられた。他に、踊りや茶道、礼法などの習いごとの謝礼などが足された。さらに、客が登楼しなかったとき、世に言うお茶引きの日の揚げ代は自前であった。そう、客がいない日は、己で己を買わなければならないのだ。そのうえ数年経つと妹女郎なる後輩を押しつけられ、その女にかかる経費の一部を負担してやらなければならなくなる。

とても二十八歳の満期までに借財はなくならない。ふくれあがる一方であった。

こんな状況で身請けされるとなれば、相当な美形か、よほど閨ごとがうまいか、商売に活かせる教養を身につけているか、いずれにせよ評判の遊女になる。いや、名のある遊女でなくとも、身請けされるとなれば噂になる。

見世が大々的に広めるからであった。

「うちの見世には、身請けされるだけの妓《おんな》がいます」

いい遊女が揃《そろ》っているという評判を得るために、わざと公表するのである。それを内証にしろというなら、その分の費用も払わなければならなかった。

「どうする。お奉行さまに報せるか」

仙台藩は、家老の上に奉行という世襲の執政がいた。

「だの。このままにはできぬ」

「急ぎ藩邸に戻り、お目通りを願うべきだ」

三人の意見が一致した。

二

敵に知られた居宅を昼兵衛は堂々と使い続けていた。

「ここまで来れば、どこに行こうとも同じでございますよ。それに女たちの面倒もありますからね」

昼兵衛は、焼け出された女たちの奉公先を探したり、すでに奉公している妾たちへ、いざというときは、ここへ逃げておいきと避難場所を報せたりと忙しく動き回った。

「今日も付いてきてやすねえ」

供をしている和津が、ちらと後ろへ目をやった。

「名前も忘れましたけど、御用聞きの男ですね」

昼兵衛が小さく笑った。

「さようで」

「放っておきなさい。わたくしを付けていると、連中が近づいてくると考えているのでしょうよ。いや……」

昼兵衛が一度言葉を切った。

「わたくしが尻尾《しっぽ》を出すとでも思っているんでしょう」

口の端を昼兵衛がつりあげた。

「馬鹿だ」

同行している山形将左が嘆息した。

「そういうものでございますよ。人というのは。己の都合のよいようになると思いこんでいる」

「世のなかに己一人しかいないと思っているようなものか」

山形将左があきれた。

「さて、ここでお待ちを願いますよ」

昼兵衛が二人を制した。

「わかっている。気を付けての」

「へい」

山形将左と和津が足を止めた。

二人を残し、昼兵衛は四条屋の暖簾を潜った。

「これは山城屋さま」

すぐに番頭が気づいた。

「四条屋さんにお会いしたいが、おられますかな」

「しばらくお待ちを」

番頭が奥へ入っていった。

四条屋は、その名の通り本店を京に置く妾屋である。京の貧乏公家の娘を大名や豪商に斡旋することで知られている。妾とはいえ、出自がよいので、商家の後添えになったり、大名の継室として迎えられたり、生まれた子供が跡継ぎになったりすることが多く、そのお陰で四条屋の主は、昼兵衛以上の身分を得ている。幕閣と二人で会えるほど、力を持つ人物であった。

「どうぞ」

すぐに番頭が戻ってきた。

四条屋は山城屋と規模が違った。奉公人も多く、四条屋の家族もいる。日本橋の豪商には及ばないが、ちょっとした旗本屋敷ほどの規模を誇っていた。

「お忙しいところ、不意にお邪魔しまして、申しわけございませぬ」

長い廊下を渡り、座敷に通された昼兵衛は、頭を下げた。

「いえいえ。こちらからお招きしようとしていたところでございましてな。ちょうどよかったというのが本音でございまする」

四条屋が気にしないでくれと言った。

「ちょうどよかった……」

昼兵衛が表情を引き締めた。

「はい。昨日、わたくしどもの店へ、日本橋の伊勢屋《いせや》さんがお見えになりまして」

「日本橋の伊勢屋といえば、廻船問屋の。江戸でも指折りの大店」

あまりの大物の名前に、昼兵衛が目を見張った。

「うちとは先代さまのころにおつきあいがございましてね。今はお見限りでございますが、そのころの名残でご当代さまのお顔を存じあげておりました。とはいえ伊勢屋さんが、前触れもなくお見えになったのには驚きました」

四条屋が述べた。

「伊勢屋さんの用件は……」

「顧客帳を売ってくれとのご要望でございました」

「やはり」

昼兵衛が天を仰いだ。

「やはりと言われたということは……」

「うちも地主から売れと。でなければ土地を返せとも」

問うた四条屋に昼兵衛が答えた。

「裏におりますな」

「はい。それも伊勢屋さんを動かすほどの奴が」

二人が顔を見合わせた。

「ちなみに伊勢屋さんはいくらで買うと」

「一箱でございました。桁が違うのではございませんかと、お帰りいただきましたが……あれはいけませんね。先代に比べて器が小さすぎます。断ったあとの捨て台詞がよくない。つきあいのある商家、武家に、四条屋を使うなとの回状を出すぞなど、地回りのような脅しをいたしました」

四条屋がため息をついた。

「なるほど。それが当主じゃ、伊勢屋も終わりですな」

「実際、代替わりしてから伊勢屋の威勢は落ちているようでございますよ」

同意した昼兵衛に、四条屋が付け加えた。すでに二人は、伊勢屋を呼び捨てにしていた。

「なれど、よく四条屋さんに言ってこれましたな。四条屋さんのおつきあいはご老中方にまで及んでおられる。わたくしなんぞとは格が違う」

「おこがましい言いかたですが、そうわたくしも思いました。わたくしがやる気になれば、伊勢屋を潰すことは難しくございません。まあ、それさえわからないのでございましょうな。伊勢屋は」

昼兵衛に四条屋が首肯した。

「相模屋さんにも」

「来ていると考えるべきでございましょう」

確認した昼兵衛に、四条屋が首を縦に振った。

相模屋はその名前のとおり、小田原辺りから関八州の女たちを斡旋する妾屋として知られていた。大人《おとな》しい京女、気っ風《ぷ》のいい相模女は、妾の人気を二分している。

相模屋は四条屋に及ばないが、山城屋より大店であった。

「妾屋の顧客台帳に目を付けたお方は、今までなかったのですがねえ」

「よくぞ、その価値に気づいたと褒めるべきなんでしょうな」

四条屋と昼兵衛がなんとも言えない顔をした。

「どうなさいまする」

昼兵衛が対策を問うた。

「相模屋さんには、こちらから人を出して状況を報せておきましょう。まあ、相模屋さんのことだから、大事ないと思うけど……」

「他の小店が心配でございますな」

最後まで言わなかった四条屋の危惧を、昼兵衛が口にした。

妾屋には、口入れ屋を営みながら、妾の斡旋もしている店と、まったく妾だけの店があった。四条屋も相模屋も、女専門ながら普通の女中の紹介などもおこなっており、山城屋のような専門の店は珍しかった。

「あるていど金を積まれれば、折れそうな連中の心あたりなら、互いに困らないだろう。山城屋さん」

「でございますな」

昼兵衛も認めた。

「いくつかの帳面は敵、あえてそう言いますが、敵の手に渡ったと考えておくべきでございましょう」

「おそらくは」

四条屋が情けなさそうな顔をした。

「一応、調べてみましょう。店が焼けてしまったので、こちらは開店休業状態でございますから」

「お願いできますか」

昼兵衛の申し出に、四条屋がのった。

「お客さまと女を売るようでは、妾屋とは言えませぬ。これ以上馬鹿をする者が出ないように、わたくしも気をつけておきましょう」

「盗難にもご注意を」

四条屋へ、昼兵衛が忠告した。

「ご懸念には及びませんよ。四条屋の帳面は、盗めませぬ」

堂々と四条屋が胸を張った。


四条屋を出た昼兵衛は、足を日本橋へと向けた。

「どうしたい」

山形将左が、行き先を変えた昼兵衛へ問うた。

「少し見ておきたいところができました」

「そうか」

言われた山形将左が引いた。

日本橋は東海道の起点である。江戸でもっとも最初に開けたところでもあり、暖簾を誇る名店が軒を並べていた。

「あった」

日本橋の北側にある店の前で昼兵衛は足を止めた。

「あの店に用か」

山形将左も伊勢屋へ目をやった。

「和津さん、廻船問屋というのは、さほど人が出入りしないものなのですかね」

昼兵衛が半歩後ろにいる和津に問うた。

「ここは店でございましょう。店では取引をするだけで、荷物などを見るならば、船着きのできる蔵へ行かないと」

和津が述べた。

「なるほど。だとしたらどの辺だろう」

「ここらからならば、多分小網町《こあみちょう》でございましょう」

問うた昼兵衛へ、和津が答えた。

「小網町か。ちょうどいいね」

昼兵衛が歩き出した。

日本橋小網町は、大川に面した漁師町であった。それがいつの間にか江戸の繁華に取りこまれ、大店の船着き場が並ぶ町へと変わっていた。

「賑《にぎ》やかだね」

多くの荷揚げ人足が、肩に菰《こも》包みを載せて、行き交っている様子に昼兵衛は目を剝《む》いた。

「あれかい、伊勢屋は」

昼兵衛は、もっとも多くの人足が出入りしているところを指さした。

「……違いやすね。あの屋号は紀州屋《きしゆうや》でござんす。先代のころから伸びてきておりやしたが、跡を継いだ息子がそれ以上の遣《や》り手と評判で。御三家だけでなく、仙台の回米も一手に引き受けて、益々《ますます》隆盛を極めているようで」

和津が説明した。

「よく知っているね」

「飛脚と廻船問屋は、まあ、敵《かたき》同士みたいなものでございますからね。自然と耳に入って来るのでございますよ」

感心した昼兵衛に、和津が手を振った。

「では、伊勢屋がどこか知っているかい」

「伊勢屋の蔵なら、紀州屋の手前で。あの山笠にイの字の屋号がそうでござんすよ」

和津が教えた。

「寂れているね」

「紀州屋の半分も人がいないな」

山形将左も驚いていた。

「老舗なんでございますがね。最近、失敗続きだそうで」

「失敗……廻船問屋の失敗とはなんだい」

和津の言葉に、昼兵衛は引っかかった。

「そうでございますねえ。けちのつき始めは、去年でございましたか。長崎から品《しな》川《がわ》へ着いた伊勢屋の船が、荷揚げの前に火を出してしまいまして」

「船が火事になるのかい。周りを海に囲まれた船が……」

昼兵衛が首をかしげた。

「船のなかから火が出たら燃えよう。戦国のころの水軍は、相手を燃やしたというぞ」

山形将左が答えた。

「戦じゃございませんからね。今どき海賊も出やせんし。なにより場所は、お膝元に近い品川でござんすよ」

和津があきれた。

「では、どうやって燃えたのだ」

「船頭の使っている火が原因でしょう。船の上は、夏でなけりゃ冷えるもので。とくに、夜はかなりきついそうで、夏でも手あぶりは用意されるとか。他にも船中での食事の煮炊きもございますし」

山形将左の問いに、和津が告げた。

「でも、船の上で火事など出せば、逃げようがないだろう。当然、十二分な注意が払われると思うのだけどね」

「それはそうでございましょうが、伊勢屋の船から火が出たのはたしかなことで。これで伊勢屋は一気に傾いた。詳しくは海老さんにゆだねやすが」

昼兵衛の疑問に和津は答えられなかった。

「そうだね。今夜にでも聞いてみよう」

もう一度、伊勢屋を見て、昼兵衛は歩き出した。

「どちらへ」

「すぐそこだよ。伊豆屋《いずや》までね」

「伊豆屋といえば、人足の口入れ屋でござんすね」

さすがに飛脚を生業《なりわい》とするだけあって、和津は江戸の地理に詳しい。

「裏で妾屋もやっているんだよ。もっとも日本橋の大店なんぞは、相手にしてくれないけどね。人足の頭《かしら》とかに妾を斡旋している。変わったところでは、日替わり旦那というのをやっている」

「日替わり旦那だと」

山形将左が驚いた。

「さようで。一のつく日は誰某《だれがし》と、三のつく日はなに兵衛と、と旦那を日替わりで替えるんですよ。こうすることで女は、普通の妾より多くの手当をもらい、男は安い金で女を抱ける。欠点は、いつでも好きなときに妾を抱けるといかないところですが、けっこう流行っているようでございますよ。わたくしは怖くてとてもできませんがね」

昼兵衛が説明した。

「怖いな、たしかに。女に情が移った男が嫉妬で他の旦那を殺しかねない。そこまでいかなくとも、もめごとは必至だな」

聞いた山形将左も嘆息した。

「病や孕んだときの問題と、ちょっと考えただけで、ぞっとしますよ」

「目先の金に目がくらんだ男と女の愚かさというやつでございますか」

嫌そうに言う昼兵衛に、和津が述べた。

「じゃ、ここでもちょいとお待ちを」

言い残して、昼兵衛は伊豆屋の暖簾を手で払った。

「山城屋さんが、うちごときになんの御用で」

伊豆屋は荷揚げ人足を差配するだけに、大柄で相撲取りのような体型をしていた。

「ちょいとお伺いしたいことがあってね」

昼兵衛は事情を話した。

「帳面を欲しがるやつがいると……」

伊豆屋が不思議そうな顔をした。

「まだ来てないのかい」

「来てないな。まあ、来たら値段次第では、話に乗らないわけでもねえが」

あっさりと伊豆屋が売ってもよいと言った。

「客を売るのはよくない。といっても、わたくしが、伊豆屋さんの商いに口出しするのは筋違いだから、あくまでも助言だがね」

「わかっているともよ。帳面を売ってしまえば、二度と妾屋はできやしねえ。客が相手にしてくれなくなる。売るなら店をやめて隠居できるだけの好条件でだな」

わかっていると伊豆屋が応じた。

「どうする。来たら報せようか」

「そうしてもらえるとありがたいね。ただ、知ってのとおり、焼け出されてね。店が決まってないんだよ。できれば四条屋さんに言伝《ことづ》てもらえると助かりますよ」

伊豆屋の申し出に、昼兵衛は喜んだ。

「いいってことよ。山城屋さんには、いろいろと世話になったからね」

「忙しいときにすまなかったね」

昼兵衛は伊豆屋に礼を言って店を出た。

「そろそろ日も暮れそうですし、今日はここまでにして帰りましょう。味門で一杯やりましょうかね」

「いいな。熱いのが恋しい季節だ」

「汁物もよござんすね。根深《ねぶか》とあさりの味噌汁に、山椒を振って。これだけで十分でござんしょ」

昼兵衛の提案に、山形将左と和津が賛同した。

三

仙台藩伊達家の上屋敷は、浜町《はまちょう》にあった。吉原から戻った三人は、奉行職への目通りを求めたが、身分が軽いため拒まれ、やむなく江戸家老に話を持ちこんだ。

「なんだと八重が、吉原に」

江戸家老の坂玄蕃《さかげんば》の顔色が変わった。

「ご家老、いかがなされました」

その変化ぶりに田中が目を大きくした。

「うむう」

坂が悩んだ。

「土生と山岸は、八重の騒動を知っているな」

「上様の和子《わこ》さまをご養子にお迎えするにあたり、前の殿のお力を削《そ》ぐために、寵愛深い八重の命を……」

最後まで言わなかったが、土生は知っていた。

「…………」

「なんだと」

驚かなかったことからも山岸が事情を知っているのが知れ、一人田中だけが戸惑っていた。

「おまえたちが吉原で八重を見つけてくれたのもなにかの縁であろう。もし、他の輩であったならば、もっと大事になっていたかも知れぬ」

「大事でございますか」

坂の話に、土生が首をかしげた。

「その場で八重を問い詰めでもしたらどうなった。吉原の男や女など雀《すずめ》よりも口が軽かろう。たちまち、伊達家の側室が、吉原に身売りしていると噂になったはずだ。そうなってからでは、遅い。伊達の面目は丸つぶれ、殿は江戸城で他の大名の笑いもの、我ら江戸執政衆は全員、腹切りであった」

大きく坂が震えた。

「一同」

坂が声を重くした。

「はっ」

三人もあわてて姿勢を正した。

「藩のために命をくれ」

「…………」

いきなりの言葉に、三人が固まった。

「八重が吉原に居てはまずい。かといって噂になるうえ金もかかる身請けはできぬ。となれば……」

坂が言葉を切った。

「……討てと仰せか」

山岸が気づいた。

「…………」

無言で坂が山岸を見た。

「我ら三人だけで」

土生が息を呑んだ。

「女一人ならば、三人も要りますまい」

国元から出てきたばかりの田中が怪訝な顔をした。

「そうか、田中は江戸詰は初めてか」

坂が納得した。

「吉原は、御法度の地じゃ。そこであったことは、すべて表に出ず、ひそかに始末される」

「よけいに都合よいのでは」

田中がどこに問題がと訊いた。

「吉原だぞ。吉原は遊女が居て初めてなりたつ。その遊女を害した者を黙って帰すわけなかろう。男衆が襲いかかって来るぞ」

「吉原の男衆など、我らの相手ではございませぬ。はばかりながらわたくしめは一人で五人や十人簡単に斬り払えまする」

田中が胸を張った。

「……あとで教えておけ。土生」

説明を坂があきらめた。

「はっ」

命じられた土生がうなずいた。

「やってくれるな」

坂が三人をゆっくりと見つめた。

「藩のためだ。もちろん、褒賞は出そう。うまく仕留めて戻って来たならば、二百石の加増と、用人への登用を約束する」

「用人……」

「二百石の加増」

田中と土生が意気込んだ。

「帰って来れなかったときは……」

山岸が興奮する二人に水をかけた。

「そういえば」

「ううむう」

喜んでいた二人が表情を変えた。

「家督はそのまま認める。他に二百石を加増してやる。跡継ぎの出世も約束してくれる」

坂が宣した。

「……………」

山岸が眉間《みけん》にしわを寄せた。

「不満か。二百石だぞ。家禄倍増とは言わぬが、相当な加増であろう」

不機嫌な声で坂が問うた。

「不満でございまする」

「おい、山岸」

「なにを言うか」

土生と田中が上司に文句をつける山岸に焦った。

「落ち着け。なにが不満だ」

手で土生と田中を制した坂が訊いた。

「藩全体の問題でございましょう」

「ああ。伊達の名誉がかかっておる」

確認した山岸に、坂がうなずいた。

「その割に、援護がございませぬ」

「当たり前だ。このような話、広げるわけにはいくまいが。できるだけ密かに片づけねばならぬ。それには、この場にいる者だけですませるのが最良」

山岸の不満に、坂が首を左右に振った。

「援護とは人とはかぎりませぬ」

「……金か」

さらに言う山岸に、坂の目つきが変わった。

「藩のためだ。否やは許さぬ。家を潰すぞ」

坂が凄んだ。

「我らは死にましょう」

江戸家老の脅しにも山岸は臆さなかった。

「…………」

「どういうことだ」

土生が黙り、田中が戸惑った。

「大門のうちでは、伊達家の威光などつうじませぬ。そして吉原にとって、なにより守るべき女を殺した者を見逃すことはございませぬ」

「大門を出てしまえば、吉原は追えぬ」

「本気でおっしゃっておられるなら、わたくしはこの場を去り、奉行さまに直訴致しましょう。いや、ご親戚さまにご報告を」

山岸が述べた。

伊達の親戚とは、藩祖政宗《まさむね》のときに分家した一関田村《いちのせきたむら》家を指す。もとは政宗の妻の実家であったが、跡継ぎがなかったため、政宗の子供を養子としていた。三万石の外様大名でありながら、本家伊達家とのかかわりが深く、その内政にも大きな影響力を持っていた。

「……きさま、儂を執政としてふさわしくないと申すか」

坂が怒声を発した。

「でございましょう。我ら伊達家譜代でございまする。主家のために死ぬのは当然、否やを申すつもりはございませぬ。そして、命を惜しまず、任を果たすつもりではございますが、十分な援護がなければ、確実にとは参りませぬ」

「たかが女一人を討つ自信がないのだな。それでよく伊達の臣だと言えたな」

鼻先で笑って坂が挑発した。

「後詰めもなく、藩士を死地に追いやり、任の成功を考えない執政よりましでございましょう」

「きさま……」

山岸の切り返しに、坂が憤怒した。

「これでおわかりでございましょう。わたくしは生きての帰還を捨てておりまする。功を上げ帰ってくるならば、執政衆のご機嫌を損ねては意味がなくなりまする」

「む、むうう」

死を覚悟していると宣言されれば、それ以上の苦情は武士として口にできない。

坂が黙った。

「ご家老。人を出せぬ理由はわかりまする。では、少しでも手助けのできるよう、兵糧と武器をお与えくださいませ」

山岸が手をついた。

「兵糧と武器。それが金だと」

江戸家老まであがったのだ。坂はすばやく怒りを抑え、冷静に戻った。

「さようでございまする。金で人を雇いまする」

「人を……」

「はい」

怪訝な顔をした坂に山岸が背筋を伸ばした。

「ああ、ご懸念なく。八重は我らで仕留めまする。他人頼みにして失敗しては本末転倒でございますゆえ。成功したらしたで、後々までゆすりたかりも考えられまする」

山岸が刺客を雇うのではないと告げた。

「まあ、吉原の妓を殺す仕事を受ける者などおりますまい。裏の者ほど吉原の恐ろしさをよく知っておりまするゆえ」

「……で」

付け加えた山岸の一言を無視して、坂が先を促した。

「何人かの無頼を雇い、別のところでちょっとした騒ぎを起こさせまする」

「なるほど。会所の忘八たちの手を塞《ふさ》ぐというのだな」

「さようでございまする。他人目がそちらに向いて、手薄になったところを狙う。さすれば成功はまちがいございませぬ」

手を打った坂に山岸が首肯した。

「わかった。そなたの策、見事である。勘定方に申しつけておくゆえ、金を受け取れ」

「無礼を申しましたこと、深くお詫びいたしまする」

金の用意をすると言った坂に、山岸が平伏した。

「いや、悪くは思わぬ。そなたの言いぶん、まこともっともであり、儂が気づかねばならぬことであった。これほどの侍を死地へ行かさねばならぬのは、断腸の思いなれど、これも藩のため、お家のため。頼んだぞ」

「お任せを」

「はっ」

「…………」

山岸と土生が強く首を縦に振り、田中が勢いなく続いた。

「難しいとは思うが、できるだけ生きて帰れ。おぬしたちは失うには惜しすぎる」

そう残して、坂が去っていった。

「よかったのか」

土生が山岸の顔を見た。

「よいも悪いもあるか。死ぬとわかっているのだ、やるだけのことをせねばなるまいが」

「先ほどから、死ぬと言うが、どういうことじゃ」

我慢しきれないと田中が問うた。

「吉原で女を討った者は、生きて大門を出られぬ」

土生が答えた。

「えっ。吉原に戦力などなかろう。さっさと女を殺し、逃げれば……」

田中が意外そうな顔をした。

「吉原の男衆、忘八はな、妓を守るためにある。その前身は浪人が多く、かなり遣う」

「なっ……」

山岸の言葉に、田中が絶句した。

「世間で生きていけぬ輩が吉原に集まっているのだ。そして、その吉原が生きていけるのは、妓がその身を売ってくれるからじゃ。当然、忘八たちは妓を守る。妓が死ねば、己たちが喰えなくなるのだ。それこそ、命がけで守るぞ。そして守りきれなかったときは、命を捨てて報復に出る。いわば、妓を主君と仰ぐ侍よ」

「そのようなもの、仙台藩の名前で押しのければいい。そうだ。妓を無礼討ちにしたと言えば……」

「前も言ったぞ。吉原で世俗の権は意味をなさぬ。吉原は無縁なのだ。大門内は、殺され損が決まり。吉原のなかで死んだ者、もめごとを起こした者を、藩は救わぬ。遊所での争闘など恥でしかないからな。もちろん、妓を無礼討ちになどできぬぞ。吉原では客よりも妓が上、無礼などありえぬ」

「なんじゃそれは」

説明した山岸に、田中が驚愕の声をあげた。

「そのような遊郭など聞いたことがない。御上はそれを許しておられるのか。妓などどれほど美しかろうが、まともな人扱いはされぬもの。それが武士よりも上など、幕府の決まりに異を唱えるも同然ではないか」

田中が当然の疑問を口にした。

幕府は武士を四民の上に置いている。そして人別《にんべつ》を持たない吉原の忘八や遊女たちをその下と位置づけている。最下層にあたる遊女が武士を押さえつけるなど、あってはならなかった。

「吉原は神君《しんくん》家康さまのお許しを直《じか》に得ている」

「神君家康さまの……」

この一言で田中が理解した。

幕府を作った神である家康の許可を持つ吉原には、誰も手出しなどできなかった。

「わかったか。我らは生きて帰れぬのだ」

土生がため息を吐いた。

「そんな……たかが女一人を討ち取るだけで二百石という夢のような話だと思って

いたのに……」

田中が蒼白になった。

「落ちこむな。そのために、江戸家老を怒らせる手に出たのだ」

山岸が小さな声で告げた。

「……えっ」

田中がきょとんとした顔をした。

「金の話だ。金で人を雇う。そして別のところで騒ぎを起こす。こうすれば少なくとも、大門を守る会所の忘八の手は塞げる」

「逃げ道を確保したのだな」

土生が理解した。

「そうだ。八重は吉原大門をまっすぐ進んだ右側にある三浦屋のなかへ入っていった。大門までの距離は、二丁（約二百二十メートル）はあるまい。八重を討って、その足で走り出せば、逃げ切れぬ距離ではあるまい」

「たしかにの。忘八たちの追撃も大門までだ。大門を閉じられなければ、逃げられる」

土生が納得した。

「そうなのか」

生きられるという望みを知った田中の血色が戻った。

「そのためには、三人が手を組まねばならぬ。一人逃げ出すようなまねは……」

じろと山岸が田中を見た。

「わ、わかっている」

田中があわてて首肯した。

「では、役割を決めよう。拙者は勘定方で金を受け取り、無頼を手配する。そののち、三浦屋へ客として揚がる」

「ならば、吾は会所の忘八の数を確認しよう。騒動に出ていった忘八が戻る前に、残った者を倒そう」

逃げ道の確保をすると土生が言った。

「では、吾が……」

田中が嫌そうに頬をゆがめた。

「おぬしが無頼の手配ができるならば、代わるぞ」

「忘八たちを押さえるというならば、吾が八重を討つ」

山岸と土生が冷たい声で言った。

「……うう」

田中が唸った。

国元から出てきたばかりの田中に、無頼とのつきあいなどない。連絡を取ることさえできない。騒動を起こしてからとはいえ、会所が空になるはずなどない。何人残るかわからないのだ。下手をすれば数人を相手にしなければならなくなる。戦いで、なにが辛いといって、一人で多数を相手にするものほど厳しいものはない。多少の腕の差など、数の暴力の前にはないにひとしい。

「…………」

追いつめられた田中が黙った。

「よいな」

「……わかった」

山岸が念を押し、田中が首肯した。

「では、用意もあろう。身の回りの片づけをしておかねばならぬしの。田中は国元に妻と子供がおるのだろう。跡継ぎには困るまいが、我らは独り者じゃ。誰に家督を継がせるかを明言しておかねば、ややこしいことになる。もめれば、それを理由に取りつぶされかねぬ」

大きく山岸が首を横に振った。

「そんなことはなかろう。ご家老の坂さまが家督を保障してくださったではないか」

田中が不思議そうな顔をした。

山岸が嘆息した。

「家督相続はな。だが、その後まで無事だとは一言も口にされてはいないぞ」

「……そんな」

「先代の殿の側室を討つ。どう見ても裏の仕事だ。藩にとって陰になる部分を知る者は少なければ少ないほうがいいだろう」

呆然とする田中に土生が説明した。

「………」

田中が力なくうなだれた。

四

江戸中の妾屋すべてに声をかけることはできなかった。妾屋を主としている山城屋や四条屋のような店よりも、口入れ屋の片手間としてやっているところが多い。さすがに一人、二人を紹介しているような連中までは手が回らなかった。

「妙でございますね」

ふたたび四条屋を訪れた昼兵衛が首をかしげた。

「伊豆屋さんを始め、加賀屋《かがや》さん、佐野屋《さのや》さんとおつきあいのあるところを回りましたが、どこにも帳面を売ってくれという話は来ておりませんでした」

「隠しているということは」

「なさそうで」

確かめる四条屋に昼兵衛が応じた。

「ふむう」

四条屋が唸った。

「相模屋さんはどうでございました」

「しっかり来ていたそうでございます。名前までは教えてくださいませんでしたが、長年のお出入り先のお屋敷から帳面を譲って欲しいと」

「お屋敷……御旗本でございますか」

昼兵衛が尋ねた。

「そうでしょうなあ。もともと相模屋さんは、御武家さまのお得意さまが多いと聞きますし」

四条屋がうなずいた。

「妾屋の大手を選んだとは思えませんねえ。うちは珍しい妾専門でございますが、規模は小店でございます。脅しのかかった店に共通するものがわかりませんねえ」

昼兵衛が悩んだ。

「老舗ばかりとも言えまいか。山城屋さんは、大店ではないが、暖簾は代を重ねている」

「たしかに、わたくしで四代目でございます……」

四条屋に言われて、昼兵衛が途中で思案に入った。

「どうなさった」

様子の変わった昼兵衛に四条屋が声をかけた。

「老舗となれば、顧客も多い。いや、店を続けていけたというのは信用が厚い。顧客に身分の高いお方、豪商が多い」

「……むう」

気づいた四条屋が腕を組んだ。

「帳面をもとにすれば、それらの方々と会えましょう」

「会うだけでなく、合力も願えよう。妾は弱みでもある」

四条屋が苦い顔をした。

「脅すと」

「顧客のなかには、妾を囲っているのを隠しておられるお方も多い。たとえば、婿養子のご当主、ご僧侶方」

「御武家さまで、ご当主さまあるいはお世継ぎさまが妾腹だと隠しておきたいお方」

昼兵衛が瞑目《めいもく》した。

武家にとってなによりたいせつなのが、血筋である。とくに親戚の本家筋となる家は、血筋の正統性を要求される。分家筋にいいところから嫁が入り、子を産めば、かなりややこしいことになる。本家が妾腹で、しかも母が庶民の女だったりすると、親戚中から嫌みを言われる。だけですめばまだいい。娘を出した名家から、本家を譲れという横槍《よこやり》が入ったりするのだ。

「なにをしたいのでございましょうか」

「わかりませぬ。が、金で売り渡してはよくなさそうだとだけは、わかりましたな」

昼兵衛の問いに、四条屋が同意した。

「山城屋さん、お気をつけなさいよ。うちや相模屋さんは、奉公人も多い。お出入り願っているご浪人もある。町方とのつきあいも深い。四条屋を襲うのは、そう簡単ではございませんがね。あなたのところはそうじゃない。気をつけてくださいよ」

「……まあ、さようでございますな」

昼兵衛も認めざるを得なかった。

「やれ、二つを相手にしなければいけませんか」

「二つ……」

ため息を吐いた昼兵衛に、四条屋が怪訝な顔をした。

「ああ、申しあげておりませんでしたか。じつは、吉原の西田屋の残党らしき者に家を襲われまして。もちろん、撃退いたしました」

昼兵衛が語った。

「西田屋の……愚かな」

四条屋があきれた。

「まあ、そちらは放っておいても問題ございませんでしょう。吉原がかならず片をつけましょうから」

「と願っておりますが」

四条屋の言葉に、昼兵衛が気のない返答をした。

「信用できませんか」

「今の吉原は信じておりますが。西田屋が馬鹿をやって町方ににらまれてますからね。大門の外では、なにもできませんでしょう」

昼兵衛が答えた。

「たしかに、そうだな。やれ、山城屋さんも面倒なことだ」

「どうにかいたしましょう。しばらく、ご迷惑をおかけしますが、ご勘弁ください」

「わかっておりますよ。妾屋を守るためでございまする。わたくしもできるだけのことをいたしましょう」

「お願いいたしまする」

援護を約束した四条屋へ、頭を下げて昼兵衛は店を出た。


小梅村の農家の納屋から、昼兵衛を襲って生き残った伊介が姿を現した。

「…………」

あたりを確認した伊介が、農家の母屋へと入った。

「どうだ」

母屋で煙草を吸っていた老爺が、伊介に問うた。

「誰もおりやせん」

伊介が答えた。

「そうか。あれから三日だ。さすがにもう大丈夫だろう」

老爺がほっとした。

「へい」

伊介も緊張を解いた。

「馬鹿が、てめえは気を緩めるな」

「すいやせん、大旦那」

怒鳴りつけられた伊介が、首をすくめた。

「まったくなさけねえ。たかが妾屋一人、殺せないなど、よくそれで忘八が務まったな。儂が惣名主のころは、忘八も二、三人殺した者でなきゃ、なれなかったものだが。儂が隠居してからわずかのあいだに、大門内もなまったものよ」

大旦那と呼ばれた老爺が愚痴をこぼした。

「斗一《といち》」

老爺が後ろに控えていた若い忘八へと顔を向けた。

「へい。大旦那さま」

「見世の隠し蔵を知っているね」

「存じておりまする」

呼びかけられた斗一がうなずいた。

「儂は顔を知られているから、見世どころか大門内に入ることはできない。だが、小梅村の寮を差配していたおまえは、あまり顔を知られていない」

吉原の遊女屋の多くは、妊娠したり、病になった遊女を療養させるための寮を小梅村に持っていた。もちろん、そんな扱いを受けられるのは売れっ子の遊女だけである。大切な商品の遊女を大門外で預かるのだ。寮を任される忘八は腕も頭もたつ者でなければならなかった。

「隠し金をうまく遣って、三浦屋を孤立させなさい。三浦屋の忘八を買収するのもいい。言わずもがなだけど、気づかれないようにね」

「承知いたしておりまする」

斗一が首を縦に振った。

「神君家康さまにお目通りを許された唯一の遊女屋の主、庄司甚内《しょうじじんない》の血を引く西田屋が、吉原を追い出されるなど、ありえてはならぬのだ。西田屋こそ、吉原であり、吉原は西田屋があって初めてなりたつ。おろかにも惣名主の名前を僭称《せんしょう》している三浦屋四郎左衛門と吾が跡継ぎを死なせた山城屋に思い知らせてくれるわ」

大旦那が気炎をあげた。

第四章　決戦開始

一

これみよがしに動き回る昼兵衛は、しっかり見張られていた。

「守りは二人か」

「三人に戻るのは、夜だけのようじゃ」

一丁（約百十メートル）ほど後ろから昼兵衛たちを見張っていた二人が話を始めた。

「遣い手は二人。あの浪人はかなりの腕だ。残る町人一人はそこそこというところじゃの」

「ああ。妾屋はものの数にもはいらん」

二人が昼兵衛たちの戦力を評価した。

「浪人の相手に三人、小者に一人、妾屋に一人。遊軍として一人、合計六人いれば、楽勝だの」

「六人も要らぬと思うが、失敗は許されぬ。そのとおりでよかろうな」

一人が指を折り、残りの一人が了承した。

「よし、ご報告つかまつろう」

「うむ」

昼兵衛たちから離れた二人は、上野《うえの》寛永寺門前にある末寺の一つに入った。

「左膳どのはどちらに」

末寺に入った一人が、庫裏《くり》にいた僧侶に尋ねた。

「ご本堂脇で警固についておられる」

「さようか」

答えを聞いた二人が、本堂へ向かった。

「左膳どの」

「おう、戻ったか」

本堂脇の縁側に座っていた左膳が右手を挙げた。

「どうであったか」

左膳が問うた。

「二日、後をつけてみましたが……」

歳嵩の一人が説明した。

「妾屋風情とは思えぬ用心じゃ。柏崎たちにはかわいそうなことをした。下調べを怠った拙者のせいだな。たかが商人と用心棒だと侮った」

腕を組んで左膳が悔やんだ。

「四条屋も相模屋も、まったく言うことを聞かぬ。御門さまのお名前が表に出ぬようにしておるせいもあるが、妾屋というのは強情なものじゃ。その強情をへし折るに、山城屋がちょうどいい。四条屋、相模屋には用心棒が数多くおる。町方とのつきあいも深い。さすがに手出しがしにくい。対して山城屋はさほどではない。山城屋を殺すことで四条屋、相模屋への見せしめにする」

左膳が続けた。

「総力をもってあたる」

「はっ」

二人が手をついた。

「しかし、となれば御門さまの警固が薄くなりませぬか」

「一日じゃ。一日で山城屋を討つ。その日だけ御門さまには寺から出られぬようお願いすればいい」

「では、お話を御門さまに」

歳嵩の僧侶が確認した。

「うむ。お願いをする。ただ、今は勤行《ごんぎょう》をなさっておられる。お邪魔はできぬ。もっともそろそろ一刻（約二時間）じゃ。まもなく、終わられよう」

問われた左膳が答えた。

「ならば、お待ちすべきだの。勤行を中断してはならぬ」

「だの」

二人がうなずき合い、本堂の縁側に正座した。

「……どうやら終わられたようじゃ」

本堂から漏れていた鉦《かね》の音が納まった。

「参ろうぞ」

「おおっ」

左膳に促され、二人が本堂へと足を踏み入れた。

「御門」

「戻りましてございまする」

本堂の隅で膝をついた二人が深く頭を下げた。

「……祖界坊《そかいぼう》、界全坊《かいぜんぼう》。ご苦労でありました」

本尊を前に座っていたまだ年若い僧侶が、振り向いた。

「畏れ多いことでございまする」

「…………」

声をかけられた二人が、身を震わせた。

「楽にしてくだされ。それでは話が聞けませぬ」

御門と呼ばれた若い僧侶が、二人を宥めた。

「はっ」

「お言葉に甘えさせていただきまする」

言われた二人が、まだ固いながらも顔をあげた。

「ご報告を申しあげまする」

背筋を伸ばした租界坊が、昼兵衛一行の話をした。

「……そうですか。一日、江戸の妾屋を巡っておりましたか」

「はい。そして最後に四条屋へ寄り、半刻ほど話をしていたようでございまする」

途中で口を出した御門へ、租界坊が残りを語った。

「四条屋……」

御門が嫌そうな顔をした。

「伊勢屋の誘いが効かなかった相手」

「……御門さま。我らが……」

「思い知らせてやりましょう」

租界坊と界全坊が、身を乗り出した。

「いえ。伊勢屋ごときに預けた孤《こ》が悪かったのですよ」

小さく御門が首を振った。

孤とは、寛永寺の門跡、輪王寺宮《りんのうじのみや》が使う己の呼称であった。

「四条屋は同じ京を故郷とする者。孤が話をすれば、力を貸してくれましょう」

「御門さまがお出ましになるなど、とんでもございませぬ」

「わたくしどもが使いをいたしまする」

　租界坊と界全坊が慌てた。

「いいえ、人には誠意をもって接するのが当然。ものごとを頼むならば、こちらから出向くのは礼儀」

「なんとお優しい」

「…………」

　言う御門に、二人が感激した。

「柏崎たちの冥福を今も祈っております。孤のために命を散らせてしまいました。哀れであった」

　しみじみと御門が言った。

「御門のためでございまする。あの者たちもよろこんでおりまする」

　左膳が否定した。

「さようならばよいがの。で、山城屋はどういたせばよろしいのじゃ。出向こうか」

　すぐに気をとりなおした御門が問うた。

「いいえ。山城屋ごときに、御門さまのおみ足をわずらわせていただかなくとも大事ございませぬ」

　左膳が首を左右に振った。

「我らにお任せくださいませ」

　二人も述べた。

「ただ些《いささ》か手を増やしていただきたく。一日、御門さまにご不便をお願いせねばなりませぬ」

　左膳が願った。

「任せますよ。よいようにしてください」

　ていねいな口調で御門が許した。

「かたじけのうございまする。では、我らは準備がございますので」

「苦労をかけますね」

　座を下がると言った三人を、御門がねぎらった。

「かならずや、御門を別当職にしてみせまする」

「我ら、命を惜しみませぬ」

「吉報をお待ちくださいませ」

　左膳と二人の僧侶が誓った。


　山形将左はしっかりと二人の僧侶に見張られていることに気づいていた。

「これ以上ご近隣にご迷惑をおかけするわけにはいきませんね」

　ふたたび居宅を襲われては、また騒ぎになる。一度目は同情を得られても、二度目となると嫌な顔をされる。どころか転居してくれと言われ、近隣との関係が壊れる。商いをする者として、近隣との仲が悪いのは百害あって一利なしであった。

　居宅を放棄した昼兵衛は、浅草寺門前町に宿をとった。ここの地主は昼兵衛の店を潰させた男とは別であった。

「旦那」

　昼兵衛、山形将左、和津が休息しているところに、海老が顔を出した。

「ご苦労さま。飯にしよう」

そろったところで昼兵衛は、味門へと移動した。

「四人分の飯とおかずを適当に頼むよ。それに酒を一人に一つずつ、熱くしてね」

もう定席になった奥の小座敷に座りながら、昼兵衛が女将に指示した。

「はい、はい」

注文を受けた女将が、厨房へと消えた。

「さて、お待たせしたね。頼むよ」

昼兵衛が海老に報告を促した。

「へい。いろいろ調べたんでやすが、浅草寺さんに波はございやせん」

「ということは、寛永寺かい」

海老の言葉の裏を昼兵衛が悟った。

「さようで。どうやら寛永寺のなかに妙な連中が」

「妙な……」

昼兵衛が首をかしげた。

「まだ日数がたりないので、あまりはっきりとはわかっていやせんが、御門というのがいて、その周りをかなりの数の僧侶が固めているらしいので」

「それがなにかしているのかい」

「寛永寺の末寺も末寺の住職から聞きだしたんでやすが。この坊主、博打好きでいつも金に困っているんでござんして。少し握らせたら……」

「なるほど。金に素直なのは遣えるね」

説明に昼兵衛が納得した。

「寛永寺はご存じのとおり、将軍家ご祈願所でその住職は京から招かれた門跡さまが就任されやす。浅草寺や増上寺《ぞうじょうじ》とは、寺院としての形が違いやす」

「ああ。寛永寺はお飾りの門跡さまではなく、その下ですべてを差配する別当のもとにあるというのだろう」

妾屋は世間を知っていなければならない。

「さすがでござんすね」

海老が感心した。

「それがどうかしたのか」

「別当は、寛永寺の末寺の住職たちのなかから推挙で選ばれやす」

「ほう。そいつは知らなかった」

昼兵衛が目を大きくした。

「末寺の住職によると、御門さまを別当に推挙するようにと妙な連中が言ってきたそうで」

「なるほど。寛永寺の別当ともなるとその権は、そのへんの大名をしのぐ」

要点を昼兵衛は理解した。

「だが、末寺の住職の推薦をとるだけなら、金で買えばいいだろう。末寺がいくつあるかは知らないが、それくらいの金を用意できず、別当を狙うなど……」

そこまで言った昼兵衛が言葉を切った。

「……そうか。金では今の別当に勝てないねえ。寛永寺に落ちる金を差配しているんだものね。別当が」

昼兵衛が苦笑した。

寛永寺は裕福であった。その金の出所は二つあった。一つは幕府である。将軍の墓所を預かる寛永寺には、毎年幕府からかなりの金額がお布施として支払われていた。もう一つは、大名たちであった。大名たちは寛永寺の末寺あるいは塔頭《たっちゅう》とのつきあいを維持しなければならなかった。将軍家の法事に大名は列する義務を持つ。

となれば、寛永寺で休息あるいは着替えなどをする場所が要る。それを大名は末寺や塔頭に求めるしかない。

もし、末寺や塔頭とのつきあいが切れ、休息や着替えをする場所がなくなれば、将軍家の法事に参加することができなくなった。屋敷から儀式の姿で出るわけにもいかず、長時間に及んでも厠、湯茶の摂取さえもできなくなる。大名は、末寺、塔頭の機嫌を損ねるわけにはいかない。その機嫌を取り結ぶのが金であった。毎年、節季ごとに大名は、つきあいのある末寺、塔頭に金を送る。

この二つが寛永寺の表向きの収入であった。

「金貸しさんだしねえ。別当さまは」

昼兵衛が嘆息した。

寛永寺にはもう一つ、裏の金儲けがあった。それが大名貸しであった。泰平が続き、消費が増え、収入が固定された武家の内証は逼迫《ひっぱく》している。どこの大名も参勤交代の費用、江戸屋敷の経費の捻出に苦労していた。そこで寛永寺は有り余っている金を貸し付けるのだ。もし返済が滞れば、寛永寺はその大名とつきあいのある末寺、塔頭を謹慎させて、閉門させる。となれば、大名が困るのだ。なんとしても寛永寺の借財は返さなければならない。毎年、返済の期限である大晦日《おおみそか》には、千両箱を積んだ大八車が、寛永寺門前町に列をなす。借りていた金額に利子を付けて返済し、その場でもう一度借財して帰るのだ。

「利子だけでも数千両になりましょう」

海老が告げた。

「その金を別当は遣える。となれば、勝負は金以外でつけなければならないねえ。それで妾屋の帳面か」

昼兵衛が小さく息を吐いた。

「妾屋の帳面には顧客のすべてが載っている。それこそ、寛永寺の僧侶方もおられる。他にも大名方と、脅しの道具にはことかかない」

「ずいぶんと下卑《げび》た坊主だな。男の股間を縮ませて、出世しようとはの」

山形将左があきれた。

「閨ごとは秘めごと。世間さまに明かすものではございません」

昼兵衛が嫌な顔をした。

「そんな連中に帳面を奪われるわけにはいきませんね」

「もっともで」

「だの」

和津と山形将左が同意した。

「ですが、ことが出世にかかわる。つきつめていけば、寛永寺の金の行方になりまする。数万両の金がかかわるとなれば、そうそうあきらめてもくれますまい」

「どうする。こちらから攻めるか」

山形将左が問うた。

「さすがに、それはまずいでしょう。相手は将軍家ご祈願所でございますよ。町方どころか寺社奉行さまを敵にしかねません」

昼兵衛が首を左右に振った。

「寺社など怖くもあるまい。大名が出世の階段として引き受けるのが寺社奉行だ。町方のような手駒もない。なにもできやしねえよ」

山形将左が馬鹿にするのも当然であった。

寺社奉行は、町奉行、勘定奉行と違って、大名役である。大名が任じられるせいか、町奉行や勘定奉行のように、用意された配下を持たない。町方の与力、同心、勘定方の組頭などというその役目に精通した連中ではなく、藩の家臣を登用するのだ。当たり前の話だが、大名の家臣に捕《と》り方《かた》などが務まるはずもなく、寺社が賭場の舞台となっているのも、実行力を寺社奉行が持っていないからであった。

「たしかに寺社方が怖ろしいわけではございませんがね。寺社奉行さまのお顔に傷をつけるのは、避けたいところでございましてね。なにせ、寺社奉行さまはいずれ若年寄さま、老中さまへと登っていかれる。そのお方の意識に、山城屋は敵だと刷りこまれるのは遠慮したいところでございましてね」

昼兵衛が述べた。

「それはそうだな。では、降りかかる火の粉を払う。払い続けることで、敵の戦力を減らし、戦えなくさせる。そうするしかないのか。面倒だの」

山形将左が嫌そうな顔をした。

「ご辛抱願うしかありませんね。わたくしも手は打ちますが、どこまで通じることやら」

難しい表情で昼兵衛がため息を吐いた。

「では、食べましょうか」

昼兵衛が箸を持った。

「旦那、もう一つ」

申しわけなさそうに、海老が口を開いた。

「なんだい」

手にした箸を持ったまま、昼兵衛が訊いた。

「こいつは今日耳にした話でやす」

前置きをしてから海老が話した。

「武家が、浅草あたりの無頼を集めているとの噂が」

「……武家が」

「へい。声をかけられた無頼とつきあいがございまして、そいつが金になるかと報せてきたんでございますが」

読売屋をしている海老は、広く浅草から噂話を買い取っていた。行商人、岡場所の男衆、博打場の用心棒など、いろいろな連中と海老は繋がっていた。こういった連中が、読売になさそうな噂を売りに来る。

「無頼をまたぶつけてくるつもりか。懲りねえな。十や二十じゃ、おいらと和津の壁は抜けねえとまだわかっちゃいねえようだ」

山形将左が鼻先で笑った。

「二人か三人、無惨に斬ってやれば逃げ出す」

無頼は所詮《しょせん》、度胸だけである。互いに連携を取ろうともしないし、危ない橋を渡ろうとはしない。他人の後ろに隠れ、手柄だけは欲しい。そういった連中など、どれだけいても敵ではなかった。

「それが違うんで」

海老が否定した。

「なにが違うんだい」

「その無頼によると、吉原で騒動を起こしてくれればいいと頼まれた……」

訊いた昼兵衛に海老が答えた。

「吉原だと……」

「山城屋」

昼兵衛と山形将左が顔を合わせた。

「八重さま」

「大月だな」

二人がまずいと頬をゆがめた。

「騒ぎを起こせ……大月を襲えじゃねえのが気になる。その無頼以外に、別働隊がいるのか……」

「それよりも、誰が大月さまと八重さまを狙うのか……」

山形将左と昼兵衛が思案した。

「先日の西田屋の残党と考えるのが、素直なところだ」

「違いましょう。会所が抜けた忘八を見逃すはずはございません」

昼兵衛が違うと言った。

忘八は吉原にいるから生きることを見逃されている。その恩恵を受けていながら、掟《おきて》を破って大門外へ出た者を吉原は許さなかった。大門外で見かけてもなにもできないが、もし一歩でも廓内に足を踏み入れたら、即座に命を奪われる。

「だな」

吉原の遊女を二人も馴染みにしている山形将左である。長屋で過ごすより、吉原で寝起きするほうが多いだけに、その闇にも詳しかった。

「となれば、別口だな。妾屋帳面を欲しがっている坊主の手か」

「……それも考えにくうございまする」

「どうしてだ」

　山形将左が尋ねた。

「大月さまと八重さまを人質に取れるならば、帳面との交換はできましょう。もし、わたくしに対する脅しで、お二人をと考えているなら、大きなまちがいでございまする」

「許さぬな」

「はい。もし、お二人を死なせたならば、わたくしは帳面を破棄して、坊主どもへ復讐してやりまする」

　昼兵衛が表情を厳しいものへと変えた。

「そのときは、拙者も嚙ませていただこう。七瀬《ななのせ》と綾乃《あやの》の二人は拙者が身請けした形になっている。いつでも吉原から出ていけるしな。別段、死にたいわけではないが、未練もさほどない。派手に暴れてみるのも一興だ」

　山形将左が笑った。

「あっしも、お供しやしょう。なあに、人形相手の生涯も悪くはございませんが、こちらのほうがおもしろそうで」

和津もついていくと宣した。

「おいらは遠慮しておきましょう。別の仕事がございますから。坊主の悪巧みを瓦《かわら》版《ばん》にして江戸中に撒いてやりましょう。読売の力で、出世の座から引きずり下ろしてやりますよ」

海老が後始末は任せろと胸を叩いた。

「ありがたいことでございます」

無理せずともいいなどと昼兵衛は遠慮を口にしなかった。ただ、三人に向けて頭を下げた。

「で、おぬしの考えは」

山形将左が問うた。

「別口ではないかと思うのは、吉原でお二人を襲う理由が弱すぎましょう。吉原の庇護下にある。そのお二人を襲う。これは、吉原を敵に回す行為でございまする。妾屋ほどじゃございませんが、吉原には顧客の帳面がございます。そこには寛永寺にかかわりのある僧侶方のお名前も記載されておりましょう。さすがに一寺を預かるほどになれば、目立つ吉原通いは止め、密かに囲える妾に移られますが、吉原には過去の帳面もございまする」

「今は出世して偉くなっている坊主の、若気の至りの証拠か」

小さく山形将左が口の端をつりあげた。

「もちろん、吉原は顧客のことを口外致しません。するようであれば、上客は来なくなりますゆえ。ですが、敵対したときは別。過去とはいえ、僧侶が遊郭通いをしていた証拠を評定所にでも出されれば、破戒僧として罰せられる」

「破戒僧は、鰯を口にくわえさせられ、ふんどし一つで山門から蹴り出されるのが決まり。こればかりは、どれほど偉い坊主でも同じでやすな」

楽しそうに和津が話した。

「坊主じゃねえとしたら、残るは一つ。伊達だな」

山形将左が昼兵衛を見た。

「おそらく」

昼兵衛が続けた。

「八重さまの姿を、遊びに来た藩士あたりが見たのでございましょう。前藩主の側室が吉原にいる」

「お家の名前に傷が付くな。先代の側室に十分な手当をしていない。いや、もっと酷《ひど》いか。藩主側室を庶民が抱く。名門の矜持《きょうじ》など吹き飛ぶ」

「また庶民のなかには、おもしろおかしく狂歌などにして、伊達家をからかう連中もおりますからな」

昼兵衛と山形将左が、なんとも言えない顔をした。

「海老、その無頼はいつだと言っていた」

「明日の夕刻七つ（午後四時ごろ）に大門へ来いと言われているそうで」

山形将左の確認に、海老が応じた。

「どうする。大月はまだ戦えぬ」

山形将左が焦っていた。

大月の怪我は、山形将左との真剣勝負でついたものである。その責任に山形将左は苦吟していた。

「落ち着きなさいませ」

昼兵衛がなだめた。

「明日、吉原へ参りましょう」

「そうしてくれるか」

山形将左がほっとした。

二

将軍の小姓は、全旗本のあこがれであった。将軍の側に控え、最後の砦《とりで》となる。これが小姓の役目である。武を本分とする旗本にとってなによりの名誉であると同時に、将軍の近くで務めることで気に入られ、後の出世も期待できる。事実、小姓から遠国《おんごく》奉行などを経験し、勘定奉行や町奉行へとあがっていく者は多い。

その小姓のなかで林出羽守は出色であった。

林出羽守は、将軍家斉の男色相手でもあった。もっとも、女を抱き、その味を覚えた家斉は、男色から興味を失っていたが、共寝をした相手は格別である。家斉は、将軍となるなり、林出羽守を小姓組頭に抜擢《ばってき》した。信用できる寵臣を近くに置いて、治世の助けとするためであった。

「出羽、昨今、おもしろい話はないかの」

午前中の政務を終え、昼餉を摂れば将軍は暇になる。女色を唯一の趣味にしている家斉だが、暇だから大奥へ早めに入るというわけにはいかなかった。将軍が大奥へ入るには、夕餉と入浴をすませなければならない。

「おもしろい話ならばございまするが、ただ、あまり他の者の耳に入れるのはいかがかと」

他人払いをしてくれと林出羽守が頼んだ。

「ほう。それほどか。わかった。供せい、出羽。庭に出る」

「はっ。葉田《はだ》、室生《むろお》、お庭を確かめて参れ。佐山《さやま》、お履きものを整えよ」

家斉の言葉に、林出羽守が反応した。

「お庭、異常ございませぬ」

小半刻（約三十分）ほどで、葉田が復命した。今時、将軍の命を狙って江戸城へ忍びこむ者などいない。それでも庭を確かめさせたのは、まむしや蜂などの危険な生物がいないかどうかを調べるためであった。

「上様、お待たせをいたしましてございまする」

「うむ」

面倒だが、この手順を踏まねばならない。踏まずになにかあれば、小姓全員切腹しなければならなかった。

「ここでよかろう」

庭の泉水に面した築山《つきやま》の上で家斉が止まった。築山とはいえ、周囲よりは高い。この上からならば、誰かが近づけばすぐに気づく。

「はっ」

林出羽守が片膝をついた。

「先日、妾屋というものについてお話をさせていただきました」

「覚えておるぞ。なんとも庶民というのはおもしろい商いをするものだと感心した」

家斉がうなずいた。

「その妾屋が参りました」

「ほう、出羽、そなた妾でも囲うか」

楽しそうに家斉がほほえんだ。

「いいえ。わたくしは妻一人で十分でございまする」

林出羽守が首を振った。

「いかんの。それでは、世間が狭いぞ」

「世間が狭いでございますか」

「そうじゃ。女といってもすべて違う。顔はもちろん、乳の張り、陰部の具合、逸物を挿入したときの反応と、どれ一つ同じ者はおらぬ」

「はあ」

滔々《とうとう》と語る家斉に、林出羽守が息を吐いた。

「閨で抱くだけの女でさえ、これだけ差があるのだ。天下にいる民どもは、どれほど違うか。それを知っているかどうかで政は変わろう」

「ご慧眼《けいがん》、畏れ入りました」

林出羽守が感心した。

「といっても一人一人に合わせた治世などできんがな。似ている大勢を基準とし、そこから外れた者は捨てる。そうせねば、政などなりたたぬ」

家斉が首を小さく振った。

「ただ、見捨てている民がいることを知っているかどうかは、大きい。今は救えぬ命でも、いつか手をさしのべてやれるときが来る。そう信じて政はおこなうものだ」

「…………」

林出羽守が、いっそう深く頭《こうべ》を垂れた。

「天晴れ上様はご名君であらせられまする」

「であればよいがの。で、妾屋がどうした」

家斉が話を戻した。

「妾屋の帳面を狙っている者がおるそうでございまする」

帳面のことを含め、林出羽守が説明した。

「なるほどの。女から男の秘密を暴くか」

あっさりと家斉がその真意を見抜いた。

「出羽、そなた江戸の闇を支配するという話をしておったの」

「はい。闇を支配することで、御政道のお役に立つ話などを得られるかと考えておりまする」

「睦言じゃの。たしかに、ことをすませた後、側室どもと会話するのは楽しい。まあ、躬《み》の場合、聞き耳を立てておる無粋な添い寝の中臈《ちゅうろう》がおるゆえ、あまり甘えさせてはやれぬがな」

家斉の言う添い寝の中臈とは、家斉と側室が一夜を過ごす小座敷の片隅に、夜具を敷いて一晩耳をそばだてている女のことだ。かつて、将軍に身内の出世を願った側室がいたとかで、睦言を利用した女の要望を防ぐために設けられた。

「愛しいと思う女に甘やかにねだられては、男は弱い。どんなことでもかなえてやろうと思うし、どれほどの秘事でも話してしまう」

家斉が真剣な顔をした。

「仰せのとおりでございまする。閨を支配する者は、天下を手にできましょう。そして、それは上様でなければなりませぬ」

林出羽守が断言した。

「そなたの忠誠、躬はいつもうれしく思う」

「かたじけないお言葉でございまする」

声をかけられた林出羽守が感激した。

「思うがままにいたせ。この件については、老中どもにも口出しはさせぬ」

「ありがとうございまする」

家斉の許しを受けて、林出羽守が平伏した。


吉原の大門は、昼八つ（午後二時ごろ）から開かれ、深夜子《ね》の刻《こく》（午前零時ごろ）に閉まる。その間は、女以外誰でも通れる。ただし、馬、駕籠に乗ったままの入門は、医者以外、大名であろうとも許されない。

「……………」

大門を入って右側にある会所では、忘八が人の出入りを見張っていた。

一応、大門内は幕府の法の埒外《らちがい》である。下手人などで幕府の手配を受けていても、大門を入ってしまえば、町方は手出しできない。とはいえ、それを許していては、吉原に犯罪者が集まってしまう。それを防ぐために、吉原では大門を入ったばかりのところで、手配犯を見つけ、追い出していた。

「あれは……」

見張っていた忘八が腰をあげた。

「どうした」

「浅草の地回りが二人入ってきやがった」

腰を上げた忘八が、告げた。

「ご手配者か」

「いいや。手配されるほどの輩じゃねえ」

「なら、気にするねえ」

もう一人の忘八が興味をなくした。

「あれは……」

「今度はなんでえ」

忘八がうんざりとした声を出した。

「山城屋さんだ。後ろは山形さまだぞ」

「なんだと」

座っていた忘八があわてて立ちあがった。

「旦那にお報せしてくる。おめえは山城屋さんに声をかけて、見世へ案内してこい」

「わかった」

二人の忘八が駆けだした。

「山城屋さん」

見張りの忘八が、小腰を屈めた。

「会所のお方だね」

昼兵衛が足を止めた。会所の忘八は、背中に三浦屋の名前、襟《えり》に会所と白抜きした半纏を身につけている。

「へい。どうぞ、ご案内申しあげまする」

「ちょうどよかった。三浦屋さんにお目にかかりたいと思っていたのだよ」

忘八の言葉に、昼兵衛が喜んだ。

三浦屋は、吉原一の大見世である。間口は三間半あり、その左右にあぶれている遊女が座って、格子ごしに客を呼んでいた。

「おや、七瀬さんのいいお方じゃありんせんか。うちにお出でなんすとは、浮気は御法度でござんすよ」

山形将左を見た遊女が、手で打つまねをした。

「客じゃねえよ。他の妓を抱いてみろ。七瀬と綾乃にちょんぎられるわ」

大きく山形将左が手を振った。

「山形さまの後ろにおられるお方は、初見でござんすね」

和津に遊女が色目を使った。

「吉原は初めてよ」

声をかけられた和津が答えた。

「おやおや珍しい。あちきのお馴染みになっておくんなましな」

遊女が、格子のなかから己の吸っていた煙管《キセル》を差し出した。

これも遊女の手管の一つであった。たっぷりと塗った紅が、煙管の吸い口に移っている。それを吸わせることで、口吸いをした気分にさせるのだ。

「悪いな。煙草は吸わねえんだよ」

和津が手を振った。

「じゃあ、こっちを吸いなんし」

遊女が胸元を広げて、ふくらんだ乳房を見せた。

「なかなか見事だな」

「あい。あちきの自慢でありんすよ」

遊女がより格子に胸を近づけた。

「行きますよ、和津さん」

格子に引っかかっている和津を昼兵衛が呼んだ。

「へい。またな」

和津が急いで暖簾を潜った。

「ようこそお出でくださいました」

三浦屋四郎左衛門が、昼兵衛を出迎えた。

「すまないね。稼ぎどきに。大月さまと八重さまを預かっていただいてありがたく思ってますよ」

昼兵衛が頭を下げた。

「いえいえ。山城屋さんのご恩に比べれば、たいしたことではございませんよ。今、八重さまをお呼びしましょう」

「いや、ちょっとお待ち願えますか」

三浦屋四郎左衛門を昼兵衛が制した。

「八重さまと大月さまにはお報せしたくないお話でございましてね」

「どういうことで」

それだけで三浦屋四郎左衛門の表情が引き締まった。

「確認できたわけじゃない。話し半分で聞いてくださいよ」

前置きをしてから昼兵衛が述べた。

「……そうでございますか」

淡々とした声で三浦屋四郎左衛門が言った。

「ちょっと失礼いたしまする。おい、誰か」

三浦屋四郎左衛門が手を叩いた。

「御用でございましょうか」

襖が開いて、忘八が顔を出した。

「安八かい。ちょっと調べておくれ」

「……浅草の与太者でございますか。承知いたしました」

安八がすぐに消えた。

「わかるのかい」

「深川とか品川の地回りと言われますと、さすがに難しゅうございますが、浅草は地元。ほとんどの無頼の顔は押さえておりまする」

三浦屋四郎左衛門が胸を張った。

「もう一度失礼を」

また三浦屋四郎左衛門が手を叩いた。

「へい」

別の忘八が顔を出した。

「清太《せいた》、今日のお客に御武家さまは何人いる」

「今のところお三方で」

「皆さまお馴染みさんかい」

「お二人はお馴染みのお旗本さまでございますが、お一方は初見のお方で」

確認された清太が答えた。

「その初見のお方の差しものはちゃんとお預かりしているだろうね」

吉原創始のころ、遊女と痴話喧嘩をした侍が、太刀を振るって人を傷つけた事件が続発したため、登楼前に両刀を預かる決まりができていた。

「もちろんで。ちゃんと検番でお預かりしておりやす」

清太がはっきりと言った。

検番とは、見世の土間から揚がるところにあり、客の道具などを預かり、履きものの番をする忘八が詰めていた。

「検番に詰める忘八を三人にしなさい。うち一人は、なにがあってもその御武家さまの刀から目を離すんじゃないよ」

「……旦那」

三浦屋四郎左衛門の命に、忘八が怪訝そうな顔をした。

「嫌なことがあるかも知れねえ。今日は客引きをしなくていい。そのぶん、なかに気を遣いなさい」

「へい」

主の指示に清太が首肯した。

「今の段階でわたくしにできることはこのくらいでございまする」

「ありがとうございます」

昼兵衛が礼を言った。

「いいえ。吉原の大門のなかで起こることは、すべて惣名主の責任。これが外のことならば、山城屋さんのお礼を受け取りますが」

三浦屋四郎左衛門が拒んだ。

「旦那」

「安八、開けていいよ」

声でわかった三浦屋四郎左衛門が許可した。

「御免を……旦那、会所に問い合わせましたところ、浅草の連中がわかっているだけで五名、大門を入ったようでございまする」

安八が報告した。

「五人とは思ったよりも多いね」

三浦屋四郎左衛門が腕を組んだ。

「会所に何人いる」

「五名で」

「足りないね」

五人の無頼を押さえるには、同数では不足であった。

「片をつけていいならば、三人で十分でございますが」

安八が口を出した。

「他のお客さまのおられるところで、血なまぐさいまねはできないだろう」

いきり立つ安八を主がたしなめた。

「いいかい。お客さまは、吉原に遊びに来られているんだよ。その浮かれておられるご気分を血で沈めては、吉原の名折れだよ。驚いたことで役に立たなくなれば、女は要らなくなるんだよ」

「浅慮でございました」

諭された安八が詫びた。

「なんとかもう三人は欲しいね」

三浦屋四郎左衛門が悩んだ。

「見世の守りを我らがしよう」

山形将左が名乗り出た。

「…………」

三浦屋四郎左衛門が目を閉じた。

「お願いできますか」

しばらく考えた後、三浦屋四郎左衛門が頼んだ。

「日当は一両でよろしゅうございますか」

「ああ。金は要らぬというべきなんだろうがな。気兼ねされるよりはいいだろう」

山形将左が認めた。

「ありがとうございまする」

三浦屋四郎左衛門が懐から二両出し、昼兵衛へ渡した。

「受け取りを書きましょう」

昼兵衛が矢立《やたて》を取り出し、懐紙に筆を走らせた。

「では、三分と一朱ずつでございます。状況が状況です。少しだけわたくしの手間を安めにしておりますよ」

しっかりと仲介料を抜いて、昼兵衛が金を山形将左と和津に渡した。

「たしかに受け取った」

「ちょうだいしやす」

山形将左と和津が金を受け取った。

「三浦屋どの、二人がいるのはどこだ」

太刀を左手に、山形将左が立ちあがった。

「庭の奥の離れで」

「外から直接離れには」

「勝手の潜り戸がございまする。それを通れば、すぐに離れに行けまする」

山形将左の質問に三浦屋四郎左衛門が答えた。

「わかった。和津、なかは任せる」

「へい」

「案内を」

うなずいた和津を置いて、山形将左が三浦屋四郎左衛門を見た。

「安八、山形さまを勝手口へご案内なさい」

「どうぞ、こちらへ」

安八が先導した。

「あっしは庭の石灯籠《いしどうろう》の陰に潜んでおきやす」

和津は肉がどこについているのかと思うほど痩せている。石灯籠の陰に入りこめば、まったく外からはわからなくなった。

「お見事な」

三浦屋四郎左衛門が驚いた。

「さようでございますな」

昼兵衛も同意した。

三浦屋の忘八たちが、手に一尺半（約四十五センチメートル）ほどの樫《かし》の棒を持った。棒の先には、襤褸布《ぼろぬの》が巻き付けられており、殴りつけても皮膚が裂けない。骨が折れても、血は流れないため、周囲で見ている人々への衝撃は少ない。

傷を目立たせない。これも吉原の折檻道具の一つであった。

「殺すなよ。あと顔を叩くな。顔の骨は弱い。一撃で折れてしまう。そうなれば傷が目立つ。いいな。足と手、腹を殴れ。押さえこんだら喋《しゃべ》れないように、口のなかに襤褸を突っこむんだ」

安八が忘八たちを指揮した。

「二度と吉原に悪さができないようにしてやれ」

「おう」

忘八たちが、見世を離れて、会所で控えた。

三

夕闇がそろそろ吉原に落ちてきた。吉原中に設けられている灯籠に火が入れられていく。夜明けまで灯籠の火は絶やされない。これが不夜城と呼ばれる所以《ゆえん》であった。

「男が暴れている」

吉原を貫く仲町通りを少し外れた横辻にある小見世の主が、悲鳴をあげて会所へ駆けこんできた。

「わかった。いくぞ」

安八が手を振った。

「おう」

会所の忘八すべてが出動した。

「……空にしていきおった」

その様子を大門の外から見ていた土生が啞然《あぜん》とした。

「つごうがいいといえば、いいのだが、大丈夫なのか、吉原は」

吉原の心配をしながら土生が、三浦屋へと向かった。

「この辻を曲がり、半丁（約五十五メートル）ほど行った左手の路地を入れば、三浦屋の勝手口があった。会所を気にしなくてよくなったのだ。儂も助勢に回るべきよな。田中が見世の入り口から、山岸が見世のなかからと三方から攻めるのだ。万が一にも失敗はない」

あらかじめ下見していた土生が、手順を復唱した。

「八重を討ち次第、この笛で報せ、大門外まで逃げ出す。あとはその足で国元へ向かえば……出世が待っている」

皮算用をした土生が、にやりと笑った。

「……そろそろ田中が表から討ちこむころだな」

三カ所に分かれているため、厳密に息を合わせることはできない。まだ田中と山岸はいい。田中が暴れこんだ騒動に合わせ、山岸も動けばすむ。一人土生だけが呼吸をうまく取れない。

　土生が勝手口に耳を付け、なかの気配を探った。

「お出でなさいやし」

　入ってきた田中を三浦屋の忘八が迎えた。

「お馴染みさんは……」

　どの遊女を指名するのかと訊いた忘八が、足を止めた。

「ううううう」

　田中の顔つきが異常であった。

「お客さん、大丈夫でござんすか」

　真っ白で小刻みに震える田中に、忘八が声をかけた。

「わ、わああああ」

　それがきっかけになった。いきなり田中が太刀を抜いた。

「おおっ。来やがった」

　忘八が大声をあげた。

「邪魔するなあああ」

武士が戦いを忘れて、百年をこえている。戦場語りをする古老もいなくなった。剣術の修業をしても、真剣を抜いたことなどないのが当たり前になっている。まして命の遣り取りなど初めてのことだ。

気をうわずらせた田中が、めったやたらと太刀を振り回した。

「危ねえ」

忘八が離れた。

「こいつは近づけねえぞ」

集まってきた忘八も手を出しかねていた。

「……始まったか」

寝転がって煙管をくわえていた山岸が身を起こした。

「いかがなさいやんした」

情事の後、乱れたまま横になっていた遊女が上気した顔で問うた。

「ああ、寝ていればいい。ちと、厠だ」

山岸が遊女を押さえた。

「厠でありんしたら、広間を出て右の突きあたりでござんすえ」

遊女が教えた。

「わかった」

うなずいた山岸が、屏風《びょうぶ》で仕切られた一画から出た。

浅草の奥へ追いやられた吉原は、馴染み客だけではやっていけなくなり、一見《いちげん》も受け入れていた。ただし、一見は一階の大広間を屏風で仕切った二畳ほどの場所で、ことをなさねばならない。背を起こしただけで、隣が丸見えになる。一階の客は金のない職人や奉公人、参勤交代で江戸詰になった田舎藩士がほとんどであり、山岸も目立たなかった。

「いないな」

厠へ行く振りをしながら、山岸は大広間で客を受け入れている遊女の顔を確認していった。

「八重ほどの美形だ。一階で一見相手などないな。やはり二階か」

遊女屋の構造はどことも同じようなものであった。一階で大量に客をこなし、二階で馴染み客をゆっくりともてなす。

「太夫じゃなかったはずだ。あのときの八重は一人だった」

山岸が呟いた。

太夫はその見世の看板である。馴染みになるのも難しいうえ、金がかかる。なにせ、太夫は見世で抱けないのだ。太夫と一夜を過ごしたいと願うならば、遊女屋とは別の揚屋《あがりや》という貸座敷へ招かねばならない。それだけの金を遣ってもいいと思わせるほどの女でなければならず、太夫になれば、かならず付き人を持つ。権威を持たせるため、どのような用事でも、太夫にさせない。どうしても太夫が出向かなければならない用のときでも、禿《かむろ》と呼ばれる遊女見習いと忘八が供した。

「なにをしている」

大広間を出た山岸は、玄関土間で暴れている田中にあきれた。

「忘八の相手をせず、二階へあがる手はずだったろうが」

策をまったく忘れ果てた田中を山岸が怒鳴った。

「なにをしている。さっさと二階へ行け」

「わああ……山岸」

叱りつけられて、田中が我に返った。

「す、すまん」

あわてて田中が気を取り直した。

「どけえ」

田中が意思を持って太刀を、前へ出した。

「八重はどこだ」

「………………」

忘八が黙った。

「刀はどこだ」

山岸が検番に向かった。

「くっ。これではいかぬ」

検番は狭い。そこに三人の忘八が、棒を持って待機していた。

「田中、脇差を貸せ」

己の刀をあきらめた山岸が、田中に手を伸ばした。

「おう」

田中が脇差を鞘《さや》ごと抜いて、山岸に渡した。

「すまんな」

受け取った山岸が、脇差を抜き、鞘を捨てた。

「あっ……」

己の鞘を放り投げられた田中が、小さな声をあげた。

「行くぞ」

それを無視して、山岸が階段へと近づいた。

馴染み客をたいせつにする遊女屋はどこでも、土間をあがれば、すぐに二階への階段となっている。一見の大広間は、その階段の奥になり、何度か角を曲がらなければならない構造になっていた。

「行かせるか」

忘八が棒を手に遮ろうとした。

「遅いわ」

山岸が大きく踏みこんで、忘八の太股《ふともも》を斬った。

「あつっっ」

足を傷つけられては動けない。忘八が転がった。

「田中」

「おう」

一人欠けたことで空いた穴へ、田中が太刀を左右に振りながら突っこんだ。

「ちいい」

遊女を守ってこその忘八である。もう一人の忘八が割って入ろうとした。

「させぬ」

山岸が間合いを詰めて、脇差を薙《な》いだ。

「……くそっ」

たたらを踏んで忘八が、一撃をさけた。その隙間を田中は見逃さず、階段を駆けあがった。

「しまった」

忘八が急いで後を追おうとした。

「背中ががら空きだ」

山岸が追い討った。

「ぎゃっ」

背中を割かれた忘八が苦鳴をあげた。

「……よし」

二階への階段、その最後の一段を踏もうとした田中の右脇腹から匕首が生えた。

「えっ」

田中が目を剝いた。

「ふん。土足で見世に揚がるな、野暮天」

鼻先で和津が笑った。

「お履きものを脱いで、もう一度おいでくださいやし。来られたらな」

嘲弄しながら、和津が田中を蹴った。

「……ああああ」

階段を田中が落ちていった。

「な、なんだと」

続いて階段をあがりかけていた山岸が、落ちてくる田中を止めようとした。

「た、田中」

受け止めた山岸が、声をかけたが肝臓を貫かれた田中の息はなかった。

「きさまああ」

山岸が和津を睨んだ。

「生かしてはおかぬ」

田中を横たえた山岸が、ふたたび足を踏み出そうとした。

「馬鹿やろう」

その背後を検番にいた忘八が襲った。襤褸を纏《まと》わせた棒で、山岸の後ろ頭を殴りつけた。

「…………」

和津に気を奪われていた山岸は、背後からの一撃を避けられず、声もなく倒れた。

「油断しすぎだ。まったく、今の武家ってのは」

見下ろした和津があきれた。

見世での騒動は、離れにも聞こえた。

「…………」

うつぶせで寝ていた大月新左衛門が起きあがった。

「大月さま」

隣で看病していた八重が驚いた。

「争いの気配でござる」

新左衛門が、立てかけてあった両刀へ手を伸ばした。

「いけませぬ。大月さまのお身体では」

八重が手を伸ばした。

「いや。男として愛しい女を守れぬようでは情けない。つまらぬ男の矜持ではあるが、聞き届けてくれ」

新左衛門が両刀を腰に差した。

「ひねらぬ限り、痛みはほとんどござらぬ」

「新左衛門さま……」

八重も武家の娘である。武士の名誉というものを知っている。

「……はい」

すっと八重が手をついた。

「お帰りをお待ちいたしまする」

言いながら、八重が懐刀を帯の間から外し、前に置いた。新左衛門になにかあれば、後を追うとの意思表示であった。

「行ってくる」

決意をこめて、新左衛門が離れの襖を開けた。

「なにを悲愴なまねをしている」

「山形氏」

離れの縁側外、庭に山形将左が立っていた。

「まったく、むずがゆいことをしてくれる」

山形将左が苦笑していた。

「どうしてここに」

「通りすがりでな」

訊いた新左衛門に山形将左が笑った。

「……山形氏」

新左衛門が咎めるような声を出した。

「責任くらい取らせろ」

「…………」

その一言に、新左衛門は黙った。

「来たな」

山形将左が緊張した途端、勝手口が内側に蹴り開けられた。

「他家に訪問する態度じゃねえぞ」

太刀を抜きながら山形将左が土生を見た。

「……待ち伏せされていたか。用心棒……八重っ」

轟音《ごうおん》に驚いて縁側へ顔を見せた八重を土生が見とがめた。

「仙台藩士か」

その言葉で新左衛門が悟った。

「ちっ」

正体を知られた土生が舌打ちをした。

「恥を知れ。先代藩主の寵愛を受けておきながら、遊女に身を落とすなど、情けないにもほどがある」

土生が八重を罵った。

「なにを……」

予想していない罵倒に八重が戸惑った。

「きさまも武家の娘ならば、貞女は二夫にまみえずというのを知っておろう。少しでも恥じる心があるならば、自害せよ」

土生が続けた。

「ずいぶんと勝手なことをおっしゃいますね」

奥から昼兵衛が現れて、土生へあきれてみせた。

「なんだ、きさまは」

「妾屋でございますよ。八重さまと伊達さまの縁を取り持った」

「それがどうした。妾屋ごときが口をはさむな」

土生が嘯いた。

「いいえ。あなたさまの言われていることは、わたくしどもと伊達さまで交わしましたお約束に反しておりますのでね」

「約束だと。伊達が妾屋などとなにを」

「江戸家老の坂さまと八重さまというお方と八重さまの身の振りかたについてお約束をいたしておりまする。八重さまは手切れ金百両をもって伊達家と今後一切かかわりにならないと。これは妾屋と伊達の間に交わした約定。それをお破りになるおつもりで」

冷たい声で昼兵衛が述べた。

「嘘をつくな」

「お疑いならば、坂さまにお訊きになられませ。八重さまは伊達さまと縁などなかったことになっておりまする。今後はどこ方へ縁づこうとも勝手と坂さまも納得なさいましたよ」

実際は、御三家の紋入り羽織を使って、昼兵衛が坂を脅し、勝ち取った条件であった。

「ご家老さまはそのようなことは仰せでなかった」

「どうやら、他人を信用できないお方のようで」

怒鳴り返した土生に昼兵衛がため息を吐いた。

「黙れ。もと側室が吉原にいるなど、家の恥。見過ごすわけにはいかぬわ」

口では勝てないと思ったのか、いきなり土生が太刀を鞘走らせた。

「そこ、動くな。斬ってくれる」

土生が八重に向かって駆けようとした。

「おいおい。拙者が目に入らぬのか」

手にしていた太刀をすっと山形将左が持ちあげた。切っ先が土生へ向いた。

「伊達を敵にする気か」

「阿呆《あほう》。吉原は殺され損だ。伊達が徳川でも、怖くはねえよ」

嘲笑しながら山形将左が間合いを詰めた。

「ええい。きさまから殺してくれる」

近づいてきた山形へ、土生が太刀を振りおろした。

「……遠いわ」

三寸（約九センチメートル）の見切りができる山形将左の前を切っ先が過ぎた。

「なんだ」

真剣の威力は大きい。触れただけで斬れるのだ。届かないと思っても、恐怖から勝手に身体が逃げ、体勢を崩すのが普通である。そこへつけこんで追撃を放つ。しかし、まったく動揺しなかった山形将左に、土生が驚いた。

「切っ先の届く範囲くらい読め。真剣を持つのは初めてだろう。腕が縮んでおるぞ」

鼻先で笑いながら、山形将左が踏みこんだ。

「ぐへっ」

山形将左の太刀が、土生の喉を貫いていた。

「太刀は斬るより、突くほうがいい。かわされたあとの対応がしやすいからな。もっとも、おぬしに二の手は要らなかったがな」

太刀を戻しながら、山形将左が告げた。

「かたじけない。これで貸しはなしとさせていただこう」

新左衛門が礼を口にした。

「そうかい」

山形将左が素っ気なくうなずいた。

「ご苦労さまでございました。表も無事に終わったようでございますし。残るは後始末でございますな」

昼兵衛が山形将左をねぎらいながら、難しい顔をした。

「無頼五人は放置しておいていいのか」

山形将左が気にした。

「会所の忘八に任せなければなりませぬ。向こうは見世の外でございますから、わたくしたちが手出しするのは、大門内の治安は会所という決まりに水を差しましょう。今後のことを考えても、会所に任せるべきでございまする。他人目につかなかったこやつらとは違います」

死んでいる土生を感情のこもらない目で見下ろしながら、昼兵衛が言った。

「では、お大事に」

昼兵衛が山形将左を促して、去っていった。

「ありがたいな」

「はい」

新左衛門と八重が寄り添った。

いかに見世のなかだとはいえ、騒ぎが外へ漏れないはずはない。もっとも遊女を抱いている最中の男にとっては、どうでもいい話であり、多少の騒ぎは気にもしない。問題は、路地を挟んで三浦屋の勝手口を見ることになった西田屋であった。

「なんで侍が、三浦屋の裏に……」

西田屋の表で客を引いていた忘八が土生に気づいた。

遊女屋の勝手口は、客の出入りはない。忘八か見世の主だけで、遊女でさえ使用は認められていなかった。

「……蹴り破りやがった」

見ていた忘八が、土生の動きに驚いた。

「…………」

忘八がそっと勝手口へ近づいた。

「……なにを言ってやがる。なんだ、斬り合ってる。見世のなかで刃傷沙汰だと」

聞き耳を立てていた忘八が、そっと離れた。

「こいつは大旦那さまにお報せしなきゃいけねえな」

忘八があわてて身につけていた半纏を脱ぎ捨てた。

そのまま西田屋に戻らず、大門外へと出ていった。

会所に人がいなかったため、西田屋の忘八が一人吉原から抜けたことに誰も気づかなかった。

日が落ちかけた日本堤は、吉原へ遊びに行く男たちの姿が途切れることなく続く。

往時に比べればずいぶんと減ったが、それでも人影はあった。

「ごめんよ、通してくんな」

日本堤の幅はさほど広くない。西田屋の忘八は、向かい合う形になる遊客を押しのけながら、山谷堀《さんやぼり》へと出た。

「まだいてくれたか」

山谷堀の岸辺へ降りた西田屋の忘八が、渡し船へ飛び乗った。

「勘弁してくんな。もう、日も落ちる。今日は仕舞いにしてえんだよ」

船頭が嫌がった。

「これで頼む」

忘八が懐から一朱出した。

「……こりゃあ、毎度」

一気に船頭の表情がゆるんだ。

「小梅村近くまでやってくれ」

「摑まっておくんなさいよ」

船頭が竿《さお》で岸を突いた。

吉原から小梅村までは、川を渡ればすぐである。完全に日が落ちる前に、船は対岸に着いた。

「ごくろうさん」

飛んで岸へあがった忘八が散在する農家の一つへ、走りこんだ。

「大旦那さま」

表戸を忘八が叩いた。

「うるせえな。誰だ」

庭の片隅の小屋から、伊介が顔を出した。

「兄い」

忘八が振り向いた。

「誰だ……てめえ、喜次《よしじ》じゃねえか。見世はどうした。なんのために、てめえを見世に残してきたと思うんだ。残って吉原の状況を報せるためだろうが」

伊介が喜次を怒鳴りつけた。

「だから報せに来たんでござんすよ」

「なにかあったんだな。よし、待ってろ」

喜次の言葉に、伊介が首肯した。

「……大旦那」

伊介は、庭に面した雨戸を叩いた。

「大旦那」

「なんだ。伊介。静かにしねえか」

しばらく雨戸を叩いているうちに、ようやく応答があった。

「喜次が大旦那にご報告がと」

「……喜次だと。今、開ける」

閂《かんぬき》を外す音がして、雨戸が開いた。

「大旦那さま」

喜次が雨戸の下で膝をついた。

「どうした、喜次」

「さきほど三浦屋で……」

騒動の一件を喜次が語った。

「ふうむう」

大旦那が唸った。

「大門内は、苦界だ。なかで殺されても、外からはいっさい苦情が来ない。これは吉原の決まり。つまり三浦屋が人を殺そうが、大門内ならなんの問題にもならない」

暗くなった小梅村で大旦那が思案に入った。

「町奉行所はなにもできない。とはいえ、なんの傷もつかないというわけじゃねえ」

「どういうことでござんすか」

伊介が問うた。

「人殺しのあった見世で、女を抱きたいと世間の旦那衆が思うか」

「……たしかに」

「それはそうでございますね」

大旦那の話に、伊介と喜次がうなずいた。

「おい、喜次」

「へい」

呼ばれた喜次が大旦那を見あげた。

「斗一はどうした」

大旦那が訊いた。

「えっ……」

喜次が驚いた。

「来られてやせんが」

「馬鹿を言うな。昨日、見世へ行かせたのだぞ」

「でも……」

喜次が戸惑った。

「逃げた……」

伊介がつぶやいた。

「なんだと。斗一は儂の代からずっと仕えてきたのだぞ」

大旦那がわめいた。

「会所の目が厳しかったのでは。数日前から、会所の目が厳しくなりやした」

思い出したように喜次が言った。

「なるほどな。いかに大門内にいなかったとはいえ、小梅村に詰めていたんだ。知っている野郎がいてもおかしくねえ。隙を見計らっているんだろう」

大旦那が納得した。

「よし、喜次。てめえ、吉原に戻って、斗一と協力し、三浦屋の殺しの証を手に入れてこい」

「それは……」

三浦屋へ入り込めという命に、喜次が二の足を踏んだ。

「あっしらは、三浦屋さんに目をつけられていやすので」

「それがどうした。てめえ、今まで受けてきた恩を忘れたんじゃねえだろうなあ。町方に捕まれば、首と胴が泣き別れになると知りながら、十年も面倒を見てやったんだろう」

「……ありがたいと思っておりやす」

大旦那に言われて、喜次が小さくなった。

「これでうまく西田屋を取り返せたら、おめえにもいい思いをさせてやる。忘八頭は伊介と決まっているから……そうだな。小さな見世を一軒買い取るから、それを任せてやろうじゃねえか」

「見世を……」

　喜次が身を乗り出した。

「おめえが見張り、斗一が実際に手を出すでもいいぞ。斗一には、儂がそう言っていたと伝えていい」

「斗一の兄貴をあっしが使っても……」

「ああ」

　大きく大旦那が首肯した。

「わかったなら、急げ」

「へい」

「待ちな。おい、伊介、船を出してやんな。暗くなったら、渡しはねえぞ。ああ、そのまま向こうで待っていてやれ。証を持って逃げてきたこいつらを迎えてやらにゃあなるめえ」

　駆け出しそうになった喜次を制して、大旦那が指示した。

「承知しやした。おい。ついてこい」

　うなずいた伊介が、喜次に手を振った。

第五章　落としどころ

一

三浦屋での騒動が、斗一を大門のなかへと入れた。

「会所が無人だと……」

斗一が会所を横目に見ながら、仲町通りを進んだ。

忘八は看板と言われる所属している見世の半纏を身につけていなければならない。

だが、斗一は普通の着流し姿である。もし、これが見つかれば、仕置きになる。

吉原の仕置きは容赦ない。商品である遊女には、値打ちが落ちないよう見た目に傷の付かない方法を取るが、忘八には制限がない。

焼けた鉄を背中に当てる。爪の間に竹串を刺す、口に漏斗《ろうと》を突っこんで水を流しこむなど、いつ死んでもおかしくない。

拷問しすぎて死んだところで、誰も咎められない。忘八は人ではないのだ。殺しても隠さなくていい。ただ、菰にくるんで投げこみ寺へ放りこむだけで終わる。いかに命知らずの忘八といえども、恐怖せざるをえないのが、吉原の仕置きであった。

顔を伏せ、足早に西田屋へ急いだ斗一が、暖簾を潜った。

「いらっしゃいやし……斗一の兄い」

出迎えた忘八が顔色を変えた。

「なにをしているんでやす。看板は……」

忘八が慌てた。

「大旦那の指示で来た」

「いけやせん。今、西田屋は三浦屋の支配でござんす。見つかれば、ただではすみやせん」

「わかっている。三浦屋の見張りはどこにいる」

斗一が訊いた。

「いつもなら、そこの帳場と検番に一人ずついやすが、今日はなぜだか、一刻ほど前に三浦屋から人が呼びに来て、そのまま出ていきやした」

忘八が答えた。

「その二人は、俺の顔を知っているか」

「知らないと思いやすよ。二人とも若いので」

確認された忘八が告げた。

「ならちょうどいい。大旦那の御用がある」

「大旦那……小梅村に隠居されたんじゃ」

「その大旦那さまが、西田屋を取り戻すと仰せだ。そのために、おいらが来たんだ。しばらく吉原にいなきゃいけねえ。隠れ家代わりに見世を遣う。客として揚がれば居続けても目立つまい。今、茶をひいている女は誰だ」

「花雪《はなゆき》さんが……」

「わかった。花雪なら昨年、小梅村で養生していたときに面倒を見た。二階の奥だな。三浦屋の連中が戻ってきたときは、うまくごまかせよ。数《かず》」

そう言うと、返事を待たずに斗一が階段を上がっていった。

「……馬鹿が。やはり大門外にいると忘八も駄目になるな」

見送った数が冷たい笑いを浮かべた。

「忘八は、吉原の守り。大門内でなければ生きていけぬのだ。その吉原を西田屋甚右衛門が壊そうとした。己の欲で大門外に手出しをした。もし、山城屋が表沙汰にしていたら……吉原は町方の手入れを受けただろう。大門内に町方は手出しせず、吉原は大門外に出ない。その約束を破ったのだからな。そして、手入れを受けたならば、凶状持ちのおいらたち忘八は、そろって死罪だ。そんな馬鹿をした西田屋甚右衛門の報復に乗るものか」

数が吐き捨てた。

「三浦屋の旦那に、吉原惣名主にお報せしなきゃなるめえ。大旦那が動き出したと」

呟いて、数が駆け出した。

三浦屋四郎左衛門は三人の侍の死体を素裸に剝いた。

「大門が閉じてから、投げこみ寺に捨ててこい」

「へい」

指示に安八がうなずいた。

大門は深更に閉じられ、翌朝の夜明けまで開かれない。といっても吉原の出入りはできた。大門脇潜り戸は、一日中使えた。でなければ、非常に対応できない。その非常の一つが、死人であった。吉原には千人をこえる男女がいる。遊女も忘八も若いが、病人は多い。客から病を移された遊女などが、どうしても死んでいく。さすがに毎日ではないが、月に何人かは命の炎を消してしまう。

普通ならば、通夜をして葬送の行列を仕立て、寺へと運ぶ。しかし、遊女と忘八は人扱いされないため、通夜も葬送もない。客の目につかない深更、大八車へ載せられて、そのまま投げこみ寺へ捨てられる。

それと同じ扱いを、伊達家の三人は受けた。

「刀と衣服はどういたしやしょう」

安八が訊いた。

「届けておあげなさい。伊達さまへね」

三浦屋四郎左衛門が、口の端をつりあげた。

「お受け取りになられましょうか」

藩の顔もある。吉原で死んだ家臣の遺品はそのままうち捨てるのが、決まり事であった。

「要らないなどと薄情なことを言われたらどうしましょうかねえ」

安八の問いに、三浦屋四郎左衛門が、同席していた昼兵衛を見た。

「薄情なのはよくありませんねえ。死んだお方は仏さま。その遺されたものは、ご遺族にお渡しすべきでございましょう。本家がお受け取りにならないならば、ご分家にというのは、いかがでしょう」

昼兵衛が言った。

「それはよろしゅうございましょう。安八、聞いていたね。仙台の伊達さまがお断りになられたら、一関の田村さまにお届けしておくれ」

「わかりやした。では、明日、朝のうち参りましょう」

「そうしておくれ」

三浦屋四郎左衛門がうなずいた。

「で、無頼どもはどうした」

金を受け取って、会所の忘八の目を引きつけるために暴れた浅草の無頼五人のことを三浦屋四郎左衛門が尋ねた。

「五人とも、しっかりと押さえておりやす。いかがいたしやしょう。こいつらも投げ捨てやすか」

「殺すのは面倒だよ。死体は運ばなきゃいけないからねえ。生きていれば、己の足で出ていってくれるだろう」

殺すなと三浦屋四郎左衛門が言った。

「そうだねえ。二度と大門内で馬鹿できないようにしてやりなさい。仕置きはどうしようか。足は出ていかせるのに要るからねえ。両手をへし折るのがちょうどかね」

「わかりやした。では」

指示を受けた安八がさがった。

「ご迷惑をおかけしました」

昼兵衛が懐から小判を二枚出した。

「これは、投げ捨てにいかれる忘八衆へ、清めの酒代として」

「お気遣いありがとうございまする」

遠慮せずに、三浦屋四郎左衛門が受け取った。

「ところで、西田屋の一件はどうなってますかね」

昼兵衛が問うた。

「ご懸念なく。吉原のことでございまする。わたくしどもでしっかり片をつけさせていただきまする」

三浦屋四郎左衛門がはっきりと宣した。

「お願いしましたよ。大月さまと八重さまのことも」

昼兵衛が腰をあげた。

「お任せくださいませ」

深々と三浦屋四郎左衛門が頭を下げた。

「旦那。西田屋の数が」

そこへ忘八が声をかけた。

「西田屋の忘八でございますか」

昼兵衛が尋ねた。

「のようでございますね。西田屋の忘八のなかにもまともな者はおりますのでね。忘八がなんのためにあるのかを理解している者が。数というのは、その一人でございますよ。どうやら、西田屋に動きがあったようで」

「話を聞かせてもらっても」

「ご勘弁ください。大門内で終わらせたいと思いますので」

昼兵衛の求めを三浦屋四郎左衛門が拒んだ。

「次はごめんだよ。今度は町奉行所に行くからね」

二度と吉原からの刺客は許さないと昼兵衛が告げた。

「ご安心を。二度と山城屋さんにご迷惑をおかけすることはございません。逆らう者はすべて、この世から去らせまする。吉原惣名主の名に誓って」

三浦屋四郎左衛門が宣した。


大門が閉まる前に、昼兵衛一行は吉原を後にした。

「旦那」

浅草田圃のあぜ道を通り、浅草寺門前町の宿屋へ帰った昼兵衛一行を海老が待っていた。

「どうした」

「ご自宅が襲われやした」

海老が淡々と報告した。

「馬鹿が来たかい。どんなやつだった」

鼻先で笑いながら、昼兵衛が訊いた。

「武家が二人、坊主が三人」

「坊主……ということは、帳面狙いの連中のようだね」

昼兵衛が理解した。

「で、どうなった」

経過を昼兵衛が尋ねた。

「無人と知るなり、逃げ出していきやした」

「後をつけたんだろうね」

「もちろんでございやす」

海老が胸を張った。

「どこへ行った」

「上野山谷の寛永寺の末寺、静養寺《せいようじ》へ」

「静養寺……聞いたことのない名前だねえ」

昼兵衛は首をかしげた。

「さして大きな寺ではございません」

海老が述べた。

「その静養寺に御門さまというのがいると……」

「へい」

深く海老が首肯した。

「どうする。山城屋」

山形将左が太刀の柄《え》を摑み、今からでもいいぞと示した。

「………」

無言で和津が匕首の鯉口を緩めた。

「気の早いお方ばかりで、困りますね」

昼兵衛が笑った。

「さっさと片づけましょうか。宿屋の代金もただじゃございませんからね」

座る間もなく、昼兵衛が宿を出た。

「行くぞ」

「へい」

「合点」

山形将左が、和津と海老を促して、昼兵衛の後を追った。

寛永寺の付近は、寺院が多い。日中ならば浅草寺ほどではないが、人通りは多い。だが、日が暮れると一気に人気《ひとけ》はなくなった。

「静かなものだな」

山形将左が呟いた。

「このあたりに遊び場はございませんからねえ」

昼兵衛が応じた。

「将軍家ご祈願所の近くで、悪所を開く勇気なんぞ誰もございませんよ」

海老が述べた。

「じゃあこのあたりの坊主はどこで遊ぶんだ」

「いろいろでございますよ。吉原まで行くか、深川まで渡るか……ひどいのになりますと、河岸の船饅頭《ふなまんじゅう》やら、そのへんの夜鷹《よたか》を買うなどもございましょう」

船饅頭は、河岸にもやわれている船のなかを商売場所とする遊女でだいたい六十四文、夜鷹は茣蓙《ござ》一枚で客の袖を引き十六文で身体を開く。歳老いたり、病を得て鼻をなくしたりした遊女の果てであった。

「煩悩は男の本能だな」

山形将左がうなずいた。

「もちろん、そんな方ばかりではございませんよ。名の知れた深川や柳橋《やなぎばし》の芸者を落籍させて、一軒家に囲っておられるお方もおられますがね。そういうお方は、そうとう格が高いか、博打場を開いて寺銭を稼いでいるかのどちらかで、そうそうおられません」

「まともな坊主はいねえのか」

和津があきれた。

「どれをとってまともとするかですね。女色、酒を断つ代わりに、人とも会わずお経を読んでるだけと、女は抱くが、庶民の悩みに真剣に立ち向かってくださる老僧では、どちらがよいのでしょうね」

昼兵衛が首を横に振った。

「人を救うは出家の役か」

「そして妾屋は女を救うでございましょう」

山形将左の後を海老が受けた。

「救えているかどうか、そうであればよろしいのですがねえ。こういった状況に陥ってみると、妾屋なんぞないほうがいいのかとも思いますよ。他人が間に入らなくとも、くっつくときはくっつくものですしね。男と女というものは」

小さく昼兵衛が頬をゆがめた。

「そううまくはいかぬと思うぞ。だまされる女と男が今以上に出るだけだ。最初に約束した待遇を履行しない旦那も出てくるだろうし、男を鴨にしようとする美人局《つつもたせ》も横行するだろう。それを防ぐ意味でも、妾屋は要ると思うぞ」

「そうありたいとは思いますよ」

山形将左の話に、昼兵衛がしみじみとした声を出した。

「なにより、山城屋が続いてくれぬと、吾が困る。今さら別の口入れ屋を頼るのは面倒だ。それに大月は妻《めと》を娶るのだ。生きていく金が今以上に要る。割のいい仕事を紹介してやってくれぬと困る」

「……やれやれ。わたくしは、隠居もできませんか」

昼兵衛が嘆息した。

「この奥で」

海老が路地を指さした。末寺が建ち並ぶ辻の最奥が静養寺であった。

「この両側の寺は敵じゃないだろうな」

山形将左が目つきを鋭くした。

「大丈夫だと思いますがね。もし、そうならばあきらめるしかございませんね」

淡々と昼兵衛が口にした。

「騒ぎが表通りに聞こえないだけましだと思うしかなさそうだな」

あきらめた顔で山形将左が嘆息した。

「和津さん、お願いしますよ」

「あいよ」

言われた和津が小走りに静養寺へ近づき、すっと塀をこえた。

「……どうぞ」

待つほどもなく、潜り戸が開けられた。

「行きますよ」

昼兵衛が足を踏み出した。

二

静養寺のなかでは、左膳たちが夕餉を摂っていた。

「逃がしたか」

「恐れをなしたと見るべきでございましょう」

祖界坊が無念そうな左膳を慰めた。

「おぬしたちが気づかれたのではなかろうな」

左膳が祖界坊と界全坊を睨みつけた。

「それはござらぬ」

「心外でござる。我らは羽黒山《はぐろさん》で修験《しゅげん》の修行を積んでおりまする。山中で熊、狼を相手にしてきたのでございますぞ。江戸の浪人づれに気づかれるなどありえませぬ」

二人が強く反発した。

「しかしだな、現実に山城屋は姿をくらましたではないか」

「なにか他の要因でございましょう。嶋屋がなにかしたとか」

界全坊が、山城屋の地主だった嶋屋のせいにした。

「嶋屋か。ありえるな。御門さまから借りた金の利子が滞っている。妾屋の帳面を手に入れたら、利子を棒引きにしてやるとの仰せに、喰らいついていた。必死だろう」

「あれだけの地主が」

租界坊が目を剝いた。

「知らなかったか、嶋屋は婿養子でな。土地はすべて新造のものだ。嶋屋のものは、何一つない。そのくせ、博打なんぞに手を出すから……」

左膳が嘲笑した。

「伊勢屋も夏目《なつめ》武兵衛《ぶひょうえ》も同じよ。皆、金をすべてだと思いこむから、それに操られる。我らの御門さまへの忠誠のように、心で動けば、他人に踊らされずにすむものを」

左膳が誇った。

「忠義で腹は膨れませんよ」

「誰だ」

「くせ者」

左膳と僧侶たちがざわついた。

「遅くに失礼をいたしまする。わざわざお訪ねいただいたのに、留守をしておりました。申しわけございませぬ」

障子を開けて、昼兵衛が姿を見せた。

「きさま、山城屋」

界全坊が昼兵衛を指さした。

「こやつがか」

左膳が脇に置いてある太刀へ手を伸ばした。

「御門さまというお方にお目通りを願いたいのでございますが」

「きさまごときが、お目にかかれるお方ではないわ」

昼兵衛の求めを、左膳が怒鳴りつけた。

「おや、交渉はなさらないので。帳面がご入り用なのでございましょう」

昼兵衛が懐から分厚い帳面を取り出してみせた。

「……よこせ」

左膳が手を出した。

「使い走りていどに渡すほど、軽いものじゃございませんよ」

「御門さまの用人を務めるこの儂を使い走りだと」

ますます左膳が怒気をふくらませた。

「他のなんだと。わたくしの家を襲うために足を運んだ。お偉いさんのすることじゃございませんねえ」

鼻先で昼兵衛が笑った。

「言わせておけば……」

左膳が太刀を抜き、鞘を放り投げた。

「死ね」

太刀を振りかぶりながら、左膳が昼兵衛へ向かって来た。

「山形さま」

すっと昼兵衛が一歩引いた。

「おうよ」

そこへ山形将左が割りこんだ。

「邪魔だ」

左膳が山形将左へ太刀を落とした。

「ふん」

後ろには昼兵衛がいる。かわせない山形将左は、太刀で受けた。

刀同士がぶつかり合い、薄い刃が欠け、火花が散った。

「やれ、また研《と》がなきゃいけねえなあ」

山形将左がため息を吐いた。

「舐《な》めるな」

やる気のない山形将左へ、左膳が覆い被さるようにして、鍔《つば》迫《ぜ》り合いを仕掛けてきた。

間合いのない戦いと称される鍔迫り合いである。負ければ、逃げる間もなく斬られる。鍔迫り合いになったとき、どちらも力の限り、押し合う。

「あほう。相手になるか」

ぐいっと力を入れてきた左膳の左膝を、山形将左が蹴り砕いた。

「ぎゃあああ」

膝の骨は固い。だが、膝の関節は逆方向の力に弱い。膝を折られた左膳が、後ろに倒れて絶叫した。

「ひ、卑怯《ひきょう》な。武士ならば刀で勝負しろ」

脂汗を流しながら、左膳が山形将左を非難した。

「無手の山城屋に襲いかかったのは、卑怯じゃねえのか」

山形将左があきれた。

「こいつ」

「よくも左膳どのを」

呆然としていた界全坊、租界坊が手に六尺棒を持って、山形将左を襲った。

「おいおい二対一じゃねえか。卑怯だよなあ」

笑いながら山形将左が半歩退いた。

「喰らえ」

左にいた界全坊が、六尺棒を上段から振った。

「……えっ」

大きな音がして、六尺棒が止まった。

「鴨居の場所くらい覚えておけよ。毎日、ここで飯を喰っているんだろう」

庫裏への入り口、その鴨居の直下に山形将左は位置を変えていた。

「どけ、界全坊」

鴨居に引っかけて止まっている界全坊が、租界坊の攻撃の壁となっていた。

「あ、ああ」

界全坊がうなずいて、下がろうとした。

「させねえよ」

隣の障子を引き開けて、和津が飛び出した。

「おわっ」

退くために腰が浮いていた界全坊は、反応できなかった。

「ぐはっ」

和津の匕首にみぞおちを貫かれて、界全坊が崩れた。

「あ、えっ」

山形将左を狙おうとしていた租界坊が、界全坊を討った和津に気を奪われた。

「甘いな」

気の乱れを見逃すほど、山形将左は優しくなかった。

「殺し合いを仕掛けてきたのはそちらだが、恨んでいいぞ」

すばやく間合いを詰めた山形将左が、太刀を薙いだ。

「なんの……」

咄嗟《とっさ》に租界坊が六尺棒を立てて、防ごうとした。

「それも悪手だ」

六尺棒に太刀を当てるなり両手を突きだし、山形将左がさらに踏みこんだ。

「わああああ」

突きに変化した山形将左の切っ先を脇腹に受けて、租界坊がわめいた。

「おっと。折られては困る」

山形将左が、手早く太刀を戻した。

「くそおおお」

腹をやられては助からない。絶望した租界坊が六尺棒を無茶苦茶に振り回した。

が、すぐに力を失って座りこんだ。

「さて、お味方は終わりですかね」

昼兵衛が庫裏のなかへ入った。

「きさまらあぁ」

膝をやられては立つことはできない。座った左膳が、せめてもの抵抗とばかりに右手の太刀をきらめかせた。

「無駄なあがきだ。みっともない」

冷たく山形将左が左膳を見下ろした。

「儂は一人になっても負けぬ」

「算勘《さんかん》もできないのか。こっちは四人、そっちは一人だ。そのうえ、おまえはもう戦えぬ。これで負けていないなどと言えるとはな。どうやら頭はすでに極楽らしい」

大きく山形将左がため息を吐いた。

「御門さまはどこに」

「言うと思うか」

「虚勢を張られるのはけっこうですがね。別に言われなくてもよろしゅうございますが、手間を省きたかっただけですので。和津さん、海老さん。探してきてくださいますか」

あっさりと昼兵衛が見限った。

「へい。そのとき抵抗したり逃げ出そうとしたら、どうします」

和津が訊いた。

「殺さないようにだけ、お願いします」

「なにを言うか。きさまら下賤な者が、御門さまに触れるなど、罰当たりどもが」

左膳が激した。

「あいにくとわたくしは商人でございます。商売の邪魔をするやつに遠慮はしませんよ」

「商人ごときと一緒にするな。御門さまは……」

怒りの叫びを左膳が途中で閉じた。

「御門さまは……なんでございましょう」

「…………」

「つごうが悪くなると黙《だん》りでございますか。けっこうなことで」

昼兵衛は嘲笑した。

「それにしても遅いですね」

「ああ。逃げ出したか」

「なんのことだ」

　顔を見合わせて話す昼兵衛と山形将左に、左膳が不安な顔をした。

「これだけの騒ぎでございますよ。気がつかないはずはございますまい。様子を見に来るか、人をよこすかするはずなんですがねえ。御門さまというのは、臆病なのか、馬鹿なのか、それとも手下を見捨てることのできる冷酷さを持つのか」

「御門さまの悪口を言うな」

「やれ、そこまで信奉できるとは……」

　昼兵衛が真っ赤な顔をする左膳に打つ手なしだと言った。

「しかたない。行こうか。こいつは責めても話さないだろう」

「はい。和津さん、ここの障子を開かないようにしてくださいな。出てこられても面倒なので」

　山形将左に促された昼兵衛が、和津に指示した。

「合点」

転がっている六尺棒を拾いあげた和津が、廊下に出て、障子が開かないようにつっかい棒にした。

「待てえ」

なかから左膳の叫び声がしたが、誰もう相手にしなかった。

「どこでございますかね」

「おい、山城屋。なにか聞こえねえか」

御門の居場所を思案しようとしていた昼兵衛に、山形将左が手で静かにするようにと述べた。

「読経……」

「念仏でござんすね」

和津と海老もうなずいた。

「本堂からでございますな。どうやらお待ちくださっているようで」

「お誘いだ。のらねばなるまいよ」

昼兵衛と山形将左が、笑った。

「いきましょうか」

昼兵衛が先頭に立った。

本堂の扉は閉じられていた。

「…………」

無言で昼兵衛を制した山形将左が、扉の向こうの気配を探った。

「下がれ」

小声で山形将左が、昼兵衛たちに指示した。

「…………」

扉に手をかけて、山形将左が一気に開けた。

「りゃああ」

「おうや」

扉の内側から、六尺棒が突き出された。

「気配がだだもれだ。それで修行したつもりか」

あざけりながら、山形将左が太刀を抜き撃った。

「あっ」

「くそっ」

六尺棒を中ほどで断ち切られた二人の僧侶が焦った。

「坊主殺せば七代たたるというが、七代どころか二代もいねえ。なにより坊主に殺されてやる義理はねえな」

山形将左が、勢いをつけて本堂へ突っこんだ。

「くそっ」

「こいつめ」

あわてて二人の僧侶が、短くなった六尺棒で対応しようとした。

「眠くなるわ」

左へと身体を向けた山形将左が太刀を左手だけで突き出した。

片手持ちは伸びる。

「ぐっ」

胸を突かれて、一人の僧侶が絶息した。

「よくも」

右にいた僧侶が、山形将左の背中へ襲いかかった。

「こっちもいるぜ」

すっと和津が割りこみ、匕首で棒を受け止めた。

「くそっ」

止められた僧侶が、急いで棒を引き戻し、足を薙いだ。

「飛脚をなめるな」

その場で腰よりも高く跳んで和津が棒に空《くう》を切らせた。

「うおっ」

精一杯の力で振った棒がかわされた僧侶の体勢が崩れた。

「棒で打てば痛いと知っているだろう。お返しだ」

降りた和津が、床を蹴った。

「…………」

のど仏のすぐ上を裂かれて、僧侶が苦鳴もあげずに死んだ。

「このていどでは勝負にもならぬか」

争いの間も変わらず読経を続ける御門の後ろに控えていた侍が立ちあがった。

「……ほう」

山形将左の表情が変わった。

「離れろ」

首で下がれと山形将左が和津へ伝えた。

「へい」

すなおに和津が退いた。

「できるな」

三間（約五・四メートル）手前で止まった侍が、山形将左の対応を賞した。

「おぬしもな。ここ一年で、きさまほどの遣い手は二人しか見ちゃいねえ」

山形将左が油断なく、太刀を構えた。

「大月さまと同等」

その言葉から相手の強さを知った昼兵衛が、緊張した。

「御門さまの勤行を血で汚したきさまらに、慈悲は与えられぬ」

侍が太刀を抜いた。太刀を左手だけで持ち、右手をその峰に沿わせ、まっすぐに突きだした。

「他流と数多く戦ったが……初めて見る構えだな」

青眼《せいがん》に取りながら、山形将左が驚いた。

「京古流の一つ、御簾流《みすりゅう》じゃ。見られただけで果報だと思え」

「御簾流……聞いたこともない」

流派を名乗った侍に、山形将左が首をかしげた。

「庶民たちが見ることかなわぬものよ」

侍が小さく笑った。

「御所流でございますな」

昼兵衛が気づいた。

「なんだそれは」

敵から目を離さず、山形将左が問うた。

「京古流、御簾、庶民が見られぬ。こうくれば、朝廷の護《まも》り人」

「なるほど」

「よくわかったな」

昼兵衛の説明に、山形将左が納得し、侍が褒めた。

「おそらく門外不出の流儀でございましょう。それが、江戸のここにある。ということは、あの御門さまというのは……」

「口にするな。畏れ多い」

昼兵衛を侍が遮った。

「…………」

その圧迫に、さすがの昼兵衛も続けられなかった。

「や、山形さま」

海老が震えた。

「大丈夫だ。こやつはできる。だが、本気の大月ほどじゃねえ」

山形将左が妙な比較で、海老を落ち着かせようとした。

「本気の大月さまでございますか。それは怖ろしい」

かつて八重を殺しに来た伊達藩士を迎え撃ったときの大月新左衛門を昼兵衛は見ていた。

「強がるな」

侍がじりじりと腰を落とした。

「…………」

無駄口をたたく余裕を山形将左はなくした。

「どうした」

言いながら侍が間合いを縮めた。二間（約三・六メートル）を切れば、もう必死の間合いである。

「来ないならば、こちらから参る」

宣するなり、侍が矢のように突っこんできた。

「おう」

半身に身体を開いた山形将左の二寸（約六センチメートル）先を、侍の切っ先が通過した。

「よくぞかわしたな」

すっと刀を戻した侍が感心した。

「突き技が来るとわかっていれば、容易《たやす》いことよ」

言いながら山形将左は汗を掻《か》いていた。

「一寸食いこまれましたね」

昼兵衛が見ていた。

山形将左は三寸の見切りができる。見切りとは相手の攻撃がどこを通るかを読みとることを言い、これが少ないほど避ける動作が小さくてすみ、反撃に出やすい。五寸でかなりの遣い手、それを切れば名人と言われるのが見切りであり、山形将左は三寸までできる腕を持っていた。

「いつまでも避けられるか」

侍が口の端をゆがめながら、ふたたび妙な構えを取った。

「避けられまいよ」

否定した山形将左が、両足を肩幅に開いて、腰を落とした。

「迎え撃つ気か」

逃げ足を封じた山形将左に、少しだけ侍が目を細めた。

「逃げてばかりじゃ、勝てないしな」

ゆっくりと山形将左が、太刀を左肩に担いだ。

「逃げてもよいぞ。妾屋だけ置いていくならばな。お主一人ではない。残りの小者二人も助けてやる」

侍が誘惑した。

「あいにくだな。山城屋を見捨てて逃げるわけにはいかねえ。この場にいねえ男との約束でな。ここで死ぬのもしかたねえと思える生き方をしてきたが、逃げてそいつから蔑《さげす》まれるのだけは勘弁だ」

「山形さま……」

誰のことを言っているのか、昼兵衛にはわかった。

「なあに、どうやらおめえで最後のようだしな。全力を出せる」

山形将左が笑いを浮かべた。

「来いっ」

気合いを山形将左があげた。

「その意気やよし」

侍が首肯した。

「さああ」

腰を落としたと見えた瞬間、侍が突きを放った。

「おうやああ」

真正面から突きを見つめていた山形将左が太刀を振り出した。腰、肩の力を加えた山形将左の一撃は、突きを上から叩き落とした。

「なんとっ」

突き技は体重をその切っ先にのせる。そこを強く上から叩かれたのだ。一瞬、侍の体勢が揺らいだが、すぐに取り戻した。

「二度も防ぐか」

侍が驚きの目で、山形将左を見た。

「建物のなかでやんごとない人を護るために編み出された剣術だろう、御簾流は。となれば、左右への動きはあまりない。周りを巻きこむわけにはいくまいからな。まっすぐ一本槍ならば、こちらはその先を読みやすい」

山形将左が応じた。

「なるほどな。では、こちらも御簾流の奥義を見せよう。人では追いつけぬ疾《はや》さというのをその身で知るがいい」

左膝を曲げた片蹲踞《かたそんきょ》のような姿勢を侍が取った。

「……まだ低くなるとは」

山形将左が眉を寄せた。

「…………」

見守る三人も固唾《かたず》を呑んだ。

凍りつくような空気のなかでも、変わることない読経が続いていた。

「御門の念仏を聞きながら逝ける幸せを甘受せい」

侍が表情を消した。

「…………」

山形将左は無言であった。

「はあ」

低い位置から、侍が身体をぐっと伸ばすようにして太刀を出した。

「ふん」

膝を撓《たわ》めて腰を落としていた山形将左が、両足を使って前へ跳んだ。

「なにい」

先ほどと同じように待っての迎撃だと思いこんでいた侍が目を剝いた。

「りゃああ」

落ちながら、山形将左が斬りつけた。

全身の力を切っ先に集めて、神速を得ている突きである。当たれば一撃必殺だが、外されたとき、足腰、肩手と伸びきっているため、動きが遅れる。人の身体は、筋を縮めて初めて動く。伸びてしまえば一度縮めないと次へ移れない。

「ぐわっ」

斬るというより叩きつける感じになった一撃を、右肩に受けた侍が叫んだ。

山形将左の体重が乗った太刀の衝撃は、侍の肩、鎖骨、肋骨《ろっこつ》をへし折っていた。

「ひゅう、ひゅうう」

肋骨を折られれば、呼吸に障害が出る。侍がかすれるような音を出して、気を失った。

「ふん」

侍が握ったままの太刀を、山形将左が取りあげた。

「こっちも」

近づいた和津が、脇差も奪った。

「まあ、動けないと思うがな」

額《ひたい》の汗を拭いもせず、山形将左が告げた。

「一人はきついわ」

山形将左が大きく息を吐いた。

「ご苦労さまでございました」

一礼して、昼兵衛が前に出た。

「そろそろお相手くださいまし」

昼兵衛が、御門へと声をかけた。

三

御門が続けていた読経を終えた。

「そなたが山城屋か」

敷物の上で、御門がこちらへと身体を向け変えた。

「お初にお目にかかりまする。山城屋昼兵衛でございまする」

膝をそろえて、昼兵衛は名乗った。

「付いている者たちが無礼をしたの」

頭をさげることなく、御門が言った。

「要らぬ話はけっこうでございますよ」

「…………」

形だけの詫びを切り捨てた昼兵衛に、御門が鼻白んだ。

「帳面をご希望の理由を教えていただきましょうか」

「正しき仏法のためじゃ」

堂々と御門が胸を張った。

「笑わせないでいただきたいですな。正しき仏法とは、人を殺してでもおこなうものではございますまい」

昼兵衛が怒った。

「やれ、これだからものを知らぬ下々は度しがたい」

御門が小さく首を振った。

「ほう、ご教示願えますか」

「うむ。聞かせてくれようぞ。そもそも妾などというものが、仏法に反しておる。

仏法に反しているものを救うには、一度その業《ごう》を昇華してやらねばならぬ」

「昇華……」

「そうじゃ。一度輪廻《りんね》に戻し、転生を繰り返させて、今生の罪を償わせる。その手伝いこそ、僧侶の仕事であろう」

悪びれた風もなく、御門が語った。

「では、なぜ、帳面がご入り用でございました」

頬をゆがめながら、昼兵衛が問うた。

「徳川を、幕府を正しき道に導かねばならぬからじゃ」

「…………」

「今の天下は乱れておる。それを糺《ただ》すのは、本来は朝廷の仕事である。しかし、今の朝廷にその力はない。とはいえ、朝廷に天下を戻すには、孤が一生をかけても間に合うまい。百年先を考えるのもよかろうが、その間に苦しむ衆生を見捨てるわけにはいくまい。ならば、力のある幕府を正道に戻し、天下へ正しき仏法を広め、世を浄化すべきであろう」

「失礼でございますが、それと帳面のかかわりは」

「無念ながら、今の孤では、幕府の老中たちとも話はできぬ。まして将軍家と会うことなどできぬ」

「なるほど。それで寛永寺の別当になりたいと」

「そうじゃ。寛永寺の別当ともなれば、門跡に代わって将軍家法要を取り仕切ることもある。そうであれば、将軍に説法をする機会も生まれよう」

御門が認めた。

「そのために、妾屋の帳面を利用して、人を脅すのは、仏法に反しておりませんかね」

あきれながら昼兵衛が問うた。

「方便よ。一時の無法は、護法のため。数人が脅されたところで、その結果万の衆生が救われれば、それはよいことである」

躊躇《ちゅうちょ》せずに、御門が答えた。

「さようでございますか」

昼兵衛はそう応じるしかなかった。

「わかったならば、帳面を置いてゆくがよい。それで弟子どもへの仕打ちも含め、すべて許してくれようほどに」

御門が昼兵衛を見つめた。

「帰りましょう」

昼兵衛が立ちあがった。

「だの」

「へい」

「腹が空きました」

山形将左、和津、海老が後に続いた。

「待たぬか。孤の話を聞いておらぬのか。孤の言うとおりにせねば、この国は末法となるぞ」

「夜分遅くお邪魔しました。お休みなさいませ」

驚く御門を相手にせず、昼兵衛は挨拶を残して、本堂を後にした。

静養寺を出た四人は、暗くなった江戸の町を進んだ。

「さっさと帰って、一杯呑みたいの」

「でございますね」

「あっしは、飯を腹一杯に喰いたい」

三人が疲れた顔で口にした。

「あいにくですが、もう少しご辛抱いただかなければなりません」

昼兵衛が三人の願望に水を差した。

「どこかへ寄るのか」

山形将左が訊いた。

「さすがにこのまま終わりとはいきますまい。相手は寛永寺さま、しかもそこで御門と呼ばれる若き僧」

「あの坊主の正体か」

「はい」

山形将左の言葉に、昼兵衛がうなずいた。

「生かしておいたのはまずかったか」

「殺してしまったほうが、後腐れなかったかもしれやせんね」

山形将左と和津が顔を見合わせた。

「殺す意味はございませんよ。もう、手足は全部奪いましたし。それにあの孤という称……」

難しい顔で昼兵衛が言った。

「孤でやすか。たしかに聞いたことございませんね」

海老が首をかしげた。

「朕《ちん》じゃないだけましだとは思うが、面倒な相手には違いなさそうだ」

山形将左が苦い顔をした。

「それも知りたいと思いますし……」

昼兵衛が述べた。

「やむをえぬな」

「たしかに」

一同が了承した。

「ここでございますよ」

寛永寺から小半刻（約三十分）少し歩いたところで、昼兵衛が足を止めた。

「我らは外で待っていればいいな」

「いいえ。ついてきていただきましょう」

いつものように、待機すると言った山形将左に、昼兵衛が首を横に振った。

「よろしいので」

立派な旗本屋敷の表門に、海老が二の足を踏んだ。

「林出羽守さまのお屋敷でございましょう、ここは」

飛脚の和津は気づいていた。

「さすがだね。まあ、顔見せしておくべきだと思うのだよ。今回は相手が相手なのでね」

昼兵衛が告げた。

「一蓮托生《いちれんたくしょう》か」

「……たしかに」

「勘弁してくださいよ」

山形将左、和津がうなずき、海老が腰を引いた。

旗本など、庶民を人と見ていない者がほとんどである。海老の態度は当然のものであった。

「あきらめろ」

「取って喰われるわけじゃねえよ」

二人に言われて、海老がしぶしぶ従った。

「しかたねえか」

「じゃ、よろしいな」

門に近づいた昼兵衛が、潜り戸を叩いた。

「夜分申しわけございませぬ」

「……どなたじゃ」

正門脇の無双窓が開いて、なかから誰何《すいか》の声がした。

「山城屋昼兵衛と申しまする。出羽守さまにお目通りを」

「……山城屋だな。しばし、待て。伺って参る」

名乗った昼兵衛に門番が応じた。

「さすがだの。無条件で追い返さぬところは、よくしつけられておる」

遅い刻限ながらの対応に山形将左が感心した。

「気遣いできる主君のもとに、労を惜しむ家臣はおりませぬな」

昼兵衛も同意した。

「入れ」

煙草を二服吸うほどの間で、潜り戸が開けられた。

「お邪魔をいたしまする」

昼兵衛が先頭となって、屋敷のなかへ入った。

「よく来たの」

裃《かみしも》姿《すがた》のままで林出羽守が出迎えた。

「お休みではございませんでしたか」

「上様が本日は、中奥でお休みであられたからの」

訊いた昼兵衛に、林出羽守が答えた。

将軍が大奥へ入れば、そこで当番の小姓はお役御免になり、下城できる。もちろん、宿直番《とのいばん》でなければ、暮れ六つまでの勤務であるが、お側去らずと言われるほど寵愛を受けている林出羽守は違った。家斉が下がってよいと言うか、眠るまで控えていなければならなかった。

「おそれいりまする」

昼兵衛が感心した。

「山城屋の後ろに控えているのが、どちらだ。もと仙台藩士の大月か、もと河内狭《かわちさ》山《やま》藩士の山形か」

「河内浪人山形将左でござる」

出を口にされた山形将左が、不機嫌そうな顔で告げた。

「そうか。で、細いのが飛脚屋で、太めが読売屋だな」

「よくご存じで」

しっかりと見張られていたと知った昼兵衛が苦笑した。

「当たり前だ。己の配下とするのだぞ。なにかあったときの責は、吾が負うのだ。どのような連中か知らずに使えるか」

林出羽守が述べた。

「…………」

責を負うと言った林出羽守に、昼兵衛は驚いた。

「さて、早速で悪いが、刻限も刻限だ。話をいたせ」

林出羽守が促した。

「本日……」

昼兵衛が一日のすべてを話した。

「……むうう」

聞き終わった林出羽守がうなった。

「孤と申していたのだな」

「はい」

「…………」

しばらく林出羽守が沈黙した。

「山城屋、そなた今夜ここに来たということは、吾が庇護を求めたと考えてよいのだな」

林出羽守が念を押した。

「……はい。今度ばかりはちと手に負えない相手だと思いましたので」

「おい、山城屋」

「旦那……」

あっさりと配下になると言った昼兵衛に、山形将左と和津が驚愕した。

「お静かにお願いします。後でお話は伺いますので」

昼兵衛が二人を抑えた。

「………」

「おねがいしやすよ」

二人が一旦退いた。

「すみませぬ。あの御門の正体をご存じでございますな」

話を中断したことを詫びた昼兵衛が、林出羽守に迫った。

「知っているというか、聞いたことがある。益体《やくたい》もない与太話だと思っていたのだがな、実際にいたとは」

林出羽守が苦い顔をした。

「……おそらく、その御門というのは、隠されし宮だ」

「隠されし宮……」

昼兵衛が聞いたことのない名前に、首をかしげた。

「ああ。そなたが知らなくて当然だ。幕府でも知っているのは、京都所司代、老中、大目付くらいだろう」

「…………」

幕府執政しか知らない秘事だと言われた昼兵衛が息を呑んだ。

「数年前だが、天皇家から一人の皇子が消えた。生母が従七位の下級公家の娘であったことから、七の宮と呼ばれていた皇子が忽然《こつぜん》と京からいなくなった」

「宮さまが……大事になりましたでしょう」

「それが秘されたのだ。なにせ皇子とはいえ、とても天皇の座を継ぐようなお方ではない。どこぞの寺院に門跡として入るだけの格もない。せいぜい、従三位ほどの公家の養子になるあたりといった皇子の行方など、京都所司代も気にしていないかrらな。なにより、家康さま以来、朝廷は幕府の命に唯々諾々《いいだくだく》と従うだけ。百年以上後水尾《ごみずのお》天皇のように、肚の据わった方は出られていないのだ」

二代将軍徳川秀忠の娘を中宮に押しつけられた後水尾天皇は、幕府が天皇家をないがしろにするどころか、簒奪《さんだつ》しようとしていることに抗議、興子《おきこ》内親王に譲位した。興子内親王は後水尾天皇と秀忠の娘和子《まさこ》との間に生まれた娘であり、ここに徳川の血を引く天皇が誕生した。だが、女帝は生涯婚せずの前例に従い、明正《めいしょう》天皇となった興子内親王に子はできず、皇位は弟で左大臣園《その》家の娘を母とする後光明《ごこうみょう》天皇へと渡り、徳川の血は皇統から消えた。

「それにな、今上帝で中宮を除いて七人の典侍が、おるのだぞ。さらに名もなき女御にお手も付けられているという。とてもそのすべてを把握できるか」

林出羽守が嘆息した。典侍とは、天皇が正式に手を出した女であり、大名で言う側室にあたった。

「面倒の種にならぬのか。皇子ともなれば、倒幕の御旗に使えるだろう」

山形将左が口を挟んだ。

「今どき、どこの大名が反旗を翻すと。戦をするだけの金を持った大名などおるものか」

「……それもそうか」

林出羽守の反論に、山形将左が納得した。

「話を戻すぞ。皇子が一人消えた。たしかに誰にも気づかれないほどのお方だったとはいえ、これは京都所司代の失策だ」

「でございましょうねえ。京都所司代さまのお仕事は、朝廷の見張り」

大きく昼兵衛がうなずいた。

「ああ。だが、それ以上の馬鹿を京都所司代はやってのけた。このことを隠したのだ」

「もっともしてはいけないことをなさったとは。失敗は隠さず、早く申告してこそ、後々の手助けも容易で、損失も小さくなる。子供でもわかることを、京都所司代にまであがられるほどのお方が」

昼兵衛があきれた。

「老中の手前だからの、京都所司代は。大坂城代と争って、老中の地位に就く。そのときに失点はまずい。たかが皇子、それもまともに扱われていない妾腹の子だ。どうということはないと考えたのだろうな。まったく、吾がことしか考えておらぬ。このような輩が上様の執政になろうなどと片腹痛いわ」

苦く林出羽守が顔をゆがめた。

「しかし、出羽守さまがご存じということは隠せなかった」

「さきほども申したであろう。京都所司代は、大坂城代と老中の座を争うと」

昼兵衛の疑問に、林出羽守が答えた。

「なるほど。大坂城代さまは、京都所司代さまの足を引っ張るための努力をしっかりなさっていたと。大坂と京は近い。術はいくつもございますな」

「そうだ。情けないことだがの。ともに上様の臣だとの連帯感がない」

　ふたたび林出羽守が嘆いた。

「とにかく、京都から一人の皇子が消えたとわかった。少し出遅れたが、すぐに捜させたところ、どうやら比叡山《ひえいざん》を経て江戸へ入ったらしいと知れた。だが、大っぴらに捜すわけにもいかぬ。第一、誰に命じるのだ。町奉行でもない、目付でもない。なにせ、朝廷は大目付の範疇《はんちゅう》だ。だが、大目付はすでに形骸。使える配下もいないのだ」

「御門が、その皇子だと」

「孤などという称を遣うのは、寛永寺の門跡しか江戸にはおらぬ。つまり、皇統に繋がるもの……御門は一文字足すだけで御門跡になる。門跡に次ぐという意味ともう一つ……御門を漢字で書いてみよ。なんと読める、みかどと読めよう」

　確認する昼兵衛に林出羽守が語った。

「天皇家の……」

「……皇子さま」

「…………」

山形将左と和津が絶句し、海老は声もでなかった。

「なぜ寛永寺に」

昼兵衛が疑問を呈した。

「寛永寺がなぜ門跡寺院なのか、わかるか」

答えではなく、質問を林出羽守が返した。

「いいえ」

「山形、そなたはどうだ」

首を左右に振った昼兵衛から、山形将左へと林出羽守が目を移した。

「人質と聞いたことがござる。宮家を江戸に置くことで、朝廷を抑える。そのための人質だと。あと、万一、朝廷が幕府討伐の官軍を起こしたとき、寛永寺にいる宮家を践祚《せんそ》即位させて、新天皇とし、朝敵という汚名を取り消し、逆に官軍を賊軍とさせる。いわば御輿《みこし》代わり」

「そのとおりだが、遠慮ないの、そなた」

身も蓋《ふた》もない山形将左に、林出羽守が苦笑した。

「幕府のつごうで宮家を江戸にくりつける。そのために寛永寺は門跡寺院となった」

「なった……」

「寛永寺は開祖、二代目まで延暦寺の高僧が、住職だったのだ。それを幕府が変えた」

言葉尻を捕まえた昼兵衛に、林出羽守が伝えた。

「乗っ取られることを考えなかったのか。将軍家の廟《びょう》を押さえられては面倒だろうに」

宮門跡は諸刃の剣だろうと、山形将左が問うた。

「そのための別当職なのだ。寛永寺の門跡を飾りとし、その実権は別当が握る。実際、宮門跡さまでは、お経を読む以上のことはできぬ。坊主といえども飯は喰う。金もいる。人が増えれば、仲介の労もしなければならない。実務は世慣れた別当の仕事にしておき、その別当を幕府が摑んでおけば……」

「寛永寺が敵になることはないか」

林出羽守の説明に、山形将左が安堵した。

「では、今回御門が、別当職を狙ったのは……」

「寛永寺の支配を幕府ではなく、朝廷が奪うためであろう。いや、その先も見越しているると考えるべきか」

言いながら、林出羽守が眉をひそめた。

「なんでございますか」

「寛永寺の力は将軍廟の管理だけではない。大名貸しもある」

大名貸しとは、大名や高禄の旗本に金を貸し付けることを言う。寛永寺はその有り余る金を、加賀の前田《まえだ》を筆頭とする大大名たちに貸し付け、その利鞘を稼いでいた。

「寛永寺に金を借りている大名は……」

林出羽守が昼兵衛を見た。

「借金をたてにとられれば、その言うがままにならざるを得ませぬな。人は金に弱いものでございまする」

昼兵衛が述べた。

「寛永寺に金を借りている大名のなかには、老中や京都所司代もおる。いや、ほとんどの執政たちがそうだと言える。なにせ、幕府で出世するには、要路に金を撒かねばならぬからな」

「老中方全員が、寛永寺の金で縛られれば……」

「幕府を動かせる。老中は法を作れる。法を変えられる。朝廷領を増やすこともできよう。京都所司代が落ちれば、朝廷がなにをしようとも江戸は知らないとなりかねぬ」

　林出羽守が震えた。

「山城屋」

「はい」

　声音《こわね》を厳しくした林出羽守に、昼兵衛が姿勢を正した。

「御門の配下は片づけたのだな」

「静養寺におるのがすべてであれば、でございますが」

　昼兵衛はうなずいた。

「御門には比叡山もついている。でなくば、末寺とはいえ江戸へ御門を送りこめぬ。

比叡山はもともと朝廷鎮護だ。幕府より朝廷をとって当然だ」

「御門についていた侍の一人は、京古流を遣った」

　山形将左が告げた。

「京古流だと」

「ああ。あの源義経《みなもとよしつね》が天狗から教わったという、別名鞍馬流《くらまりゅう》。もっとも、そのままの形とは思えなかったがな。己の身を矛とし、その命をも勘案しない捨て身の技だった。あれは、生き残るための剣ではない」

　思い出した山形将左が頬をゆがめた。

「誰かを護るための剣」

「あれは盾だ」

　林出羽守の言葉に、山形将左が言った。

「急がねばならぬな」

　林出羽守が立ちあがった。

「今から寺社奉行に命じて、御門とやらを押さえさせる。失った配下の補充を西から受け取る前に始末をせねばならぬ」

「始末……」

「殺さぬぞ。いくら失われた皇子とはいえ、今上帝のお血筋だ。世間に知れたとき、上様のお名前に傷がつく」

顔をあげた昼兵衛へ、林出羽守が答えた。

「では、どのように」

「増上寺の末寺にお移り願う。増上寺は将軍家の菩提寺じゃ。もともと武蔵《むさし》の名刹《めいさつ》で、京とのかかわりもない。あそこならば、比叡も手出しできまい」

「それはまた」

昼兵衛が皮肉な笑いを浮かべた。

「寛永寺と増上寺は将軍家の墓所を巡って争っている間ではございませぬか」

もともと三代将軍家光が徳川家の祈願所として建立した寛永寺だが、四代将軍家《いえ》綱《つな》の墓所となったことで、菩提寺となった。以降、代々の将軍の廟を増上寺と争っていた。将軍一人の墓を預かるだけで、年間何千両もの金が法要や維持の費用として入る。当然、両寺の仲は悪い。

「名案であろう」

林出羽守が笑った。

「さて、吾は今から上様にお目通りを願い、寺社奉行への命をお願いしてくる。そなたたちは、今夜泊まれ。夕餉は出してやる。あと、山城屋、わかっているな」

「はい。お帰りをお待ちいたしまする」

林出羽守が、なにを言いたいのか、昼兵衛は理解していた。

「うむ」

「お待ちを」

うなずいて書院を出ようとした林出羽守に、昼兵衛が声をかけた。

「なんじゃ」

「伊達に一言お願いをいたしたく……」

八重がまた襲われたことを昼兵衛が報告した。

「愚か者めが。上様お気に入りの八重を亡き者にしようなどと」

林出羽守が立腹した。

「山城屋、ときがときじゃ。伊達にあまり強く出るわけにもいかぬ」

「わかりまする」

昼兵衛が同意した。

「家老の腹一つですませよ」

「わたくしといたしましては、八重さまと大月さまに、二度とかかわってこられぬとの保証さえいただければけっこうで」

家老の命なんぞもらっても、一文にもならない。昼兵衛は首を左右に振った。

「わかった」

首肯した林出羽守が出かけていった。


林出羽守の帰宅が深更をこえたため、昼兵衛たちは客間から、家臣たちの長屋の空きへと移された。

「味がしねえ」

「寝た気がしやせん」

己たちの生死を握っている林出羽守の屋敷での一夜は、山形将左、和津、海老の精神を削った。

「米は同じでございますよ。夜具もないよりははるかにましでございましょう」

一人、昼兵衛だけはこたえていなかった。

「いい根性だな」

山形将左が感心した。

「刀を持った勝負ならば、林出羽守どころか将軍相手でも臆さぬが……俎上《そじょう》の鯉状態は慣れぬ」

「あっしも山賊に囲まれているほうが気楽で」

「借金取りの相手のほうが……」

山形将左、和津、海老が疲れた顔で嘆息した。

「山城屋はここか」

「これは、出羽守さま」

不意に長屋へ林出羽守が入ってきた。

「また登城せねばならぬ。奥の座敷に呼び出すより、門に近いここに吾が来たほうが早いからの」

林出羽守が座った。

「片はついた」

「かたじけのうございまする」

詳細を林出羽守は言わず、昼兵衛も問わなかった。

「うむ。それでいい。知らずにいることも大事である。なんにでも首を突っこむ、かかわったのだから、最後まで知る権があるなどと言う者は長生きできぬ」

林出羽守が満足げにうなずいた。

「で、わたくしはなにを」

「江戸の女をまとめよ」

問うた昼兵衛に、林出羽守が命じた。

「どのようにいたせと」

「前も申したであろう。江戸の昼は上様がご支配なさっている。残るは夜。かといって上様が闇をすべて支配するわけにはいかぬ。で、閨じゃ。男は閨で女を抱いているときこそ油断をする。そして本音が出る」

「それはそうでございますがね。男は女に弱い。出羽守さまのお言葉は真実でございましょうが、さすがに江戸中の閨を支配するのは無理でございましょう」

昼兵衛が否定した。

「そうだの」

林出羽守が認めた。

「いきなりは無理だ。しかし、今回のことでもわかったはずじゃ。妾屋の帳面が将軍家菩提寺を揺らした。もし、御門の思うままになれば、いつか天下にも波及しただろう。それだけの力が、女と男の間にはある」

「それはたしかでございまする」

妾屋として生きてきたのだ。男と女のことならば、裏の裏まで知り尽くしている。

「これだけの力を遊ばせておくわけにもいかぬ。まずは幕府にかかわりのある者たちの閨だけでも支配しようと思う。といったところで、すでに旗本や大名の婚姻は、幕府の許しがなければできぬ。正室との閨は、もう幕府の手のなかにある。残るは……」

「側室方でございますな」

「そうだ。山城屋、そなたは側室支配をいたせ」

林出羽守が首肯した。

「どういたせば」

なにを求められているのか、昼兵衛はわからなかった。

「簡単なことだ。そなたは今までどおり、妾屋をしていればいい。客も女も取っていい。ただ、大名や旗本、豪商などの妾となる女はこちらで用意する」

「隠密でございますか」

「閨に隠密を入れられれば、どれだけ大きいか。いつでも睦言で秘事を聞き出せる。謀反などよからぬことを企んだとしても、すぐに報《し》れる。火が大きくなる前に消せるのだぞ」

「殺すこともできますね」

声をすっと昼兵衛が低くした。

「閨の男は無防備でございまする。女が殺す気になれば、いつでもできましょう。刃物など不要。男の急所を握りつぶすだけで……」

「…………」

昼兵衛の話に、林出羽守が黙った。

「ご恩はわかっておりますゆえ、お引き受けいたしますが……ご紹介いただいた女が、わたくしが認めるに値しないときは、お返しいたしまする」

「返すな。育てよ」

場合によっては拒否すると言った昼兵衛に、林出羽守が冷たく返した。

「それもわたくしの仕事でございますか」

「ああ。その代わり日当はくれてやる。そこにおる者たち、八重と大月とかいう浪人のぶんも含めて、隠し扶持として月に金二十両支給してやる」

「二十両……」

海老が思わず呟いた。

一両あれば、一カ月は生きていける。二十両は大金と言えた。

「お断りは……」

「できるとでも思っているのか」

一応訊こうとした昼兵衛を林出羽守が遮った。

「……いいえ。命の代金だと思えば」

昼兵衛は引き受けた。

「闇の見張り、闇の目付を任せる。天下泰平を、上様の御世を守るために働け」

そう言って、林出羽守が腰をあげた。

「ああ、一つ言い忘れていた。伊達だがの。昨夜の内に留守居役を呼び出して話をしておいた。上様のお気に入りに手出しをするなとな。その返答が、朝一番で来ていたわ」

「なんと返事をしてまいりましたか」

「坂という江戸家老が、切腹したとな」

「お手数でございました」

林出羽守の答えに、昼兵衛が感謝した。

「では、準備に入れ」

林出羽守が登城していった。

「山城屋」

「旦那」

三人が近づいた。

「申しわけございませんでしたね。勝手に決めてしまって」

昼兵衛が詫びた。

「それはいい。さすがに皇子を相手にしたのだ。こうでもせねば、死ぬしかないからな」

山形将左が気にするなと首を横に振った。

「よいのか、おぬしは。妾を道具にすることになるぞ」

昼兵衛の気持ちを、山形将左が慮《おもんぱか》った。

「無念ではございますがね。わたくしが断ったところで、出羽守さまはあきらめますまい。誰かにこの役目を押しつけられましょう。妾のことを、旦那のことをなにもわかっていないやつにさせるよりはましでございましょう。それこそ、閨をただの道具に落としてしまいましょう」

「なるほど。それで林出羽守さまが連れてくる女に駄目出しをすると」

和津が手を打った。

「閨は男と女がともに安らぐところでなければなりませぬ。それを手助けするのが妾屋。閨目付などとんでもない。なんとか変えてみせましょう」

強く昼兵衛が決意を表した。

「お手伝い願えますか」

昼兵衛が三人の顔を見た。

「ここまで来たら、乗りかかった船、いや岸を離れた船だ」

「でござんすね」

「さようで」

三人がうなずいた。

「ありがとうございまする」

深く昼兵衛が頭をさげた。

「では、参りましょうか」

「帰るのか」

山形将左が尋ねた。

「いいえ。その前に、吉原へ行かねばなりませぬ。大月さまと八重さまにもお話ししなければいけませんし、なにより閨ごとでございまする。三浦屋四郎左衛門さんにも話を通しておきませんとね。それと西田屋の残党の話も訊かねばなりません」

昼兵衛は立ちあがった。

あとがき

妾屋昼兵衛女帳面の最終巻をお送りします。第一巻『側室顚末』から足かけ四年、全八巻の物語も区切りを迎えました。

そもそも「妾屋昼兵衛」シリーズは、頭のなかにかなり前からありながら、妾という存在を題材に取るためもあり、現代の公序良俗に反する物語を発表する勇気がなく、わたしのなかで眠り続けておりました。

そこへ声をかけて下さったのが、幻冬舎さんでした。

幻冬舎さんとの出会いは、平成二十一年にまで遡《さかのぼ》ります。「一度お会いしたい」として編集長と担当編集者のお二人が、わざわざ大阪までお見え下さったのです。

編集者が作家に会う。これはほとんど仕事の話です。

「うちでも書いてみないか」、そういったありがたいお誘いを幻冬舎さんからいただきました。

しかし、当時、歯科医院を開業しながら、徳間文庫さん、光文社文庫さん、講談社文庫さん、中公文庫さんでシリーズを展開していたわたしに、新たに作品を生み出す余裕はありませんでした。

「申しわけありません」と食事をごちそうになりながら、お断りをしました。それでも幻冬舎さんは、お気を悪くするどころか、「仕事の話は抜きで、呑みましょう」と半年ほどでまた食事の場を設けて下さいました。

そのころ、わたしは一つの基準を自分のなかに作っていました。「二回食事をごちそうになれば、仕事を引き受ける」というものです。これは、わたくしごとき者のために、大阪まで交通費と時間を遣い、そのうえ食事までごちそういただくことへのお礼と気兼ねでした。

また、お仕事の話ではなく楽しく食事をしましょうよと言って下さった幻冬舎さんへの好意もあり、その場でわたくしは単発のお仕事である『関東郡代 記録に止めず家康の遺策』の執筆をお約束しました。

おかげさまで『家康の遺策』はご好評をいただき、発売当日に大増刷がかかりました。「上田さん、発売初日ですが○万部増刷決まりました」。

作品完成の打ち上げで大阪に来てくれた担当A氏から、報告を受けたわたくしは舞い上がってしまいました。なにせ、作家にとって増刷という言葉ほどうれしいものはありません。絶世の美女の告白よりも甘美な響きなのです。もちろん、美女の吐息は大好きですよ（笑）。

「じゃ、シリーズやりましょうか」

祝杯で重ねたお酒の勢いもあり、ついわたしは口にしてしまったのです。

「内容はなんでもいいですか」

「お任せします。好きに書いて下さい」

「じゃ、妾屋で」

その場で遣り取りがかわされ、上司の決裁も受けずに決まったのが「妾屋昼兵衛」でした。

二人とも酔っていたのでしょう……。

こうして物語は始まりました。

妾屋という商売は、実際にありました。井原西鶴の『好色一代女』の巻一「国主艶妾」にもその様子が書かれております。『好色一代女』は戯作ですが、ここに出てくる描写は事実です。

　少々引用してもよいのですが限られた紙数のあとがきですので、それは避けさせていただきます。が、女好きでない殿様にどうやって子作り作業をがんばってもらうかと苦心する家臣の様子がリアルに描写されております。

　大名、妾腹とくれば、時代物の得意なお家騒動です。妾屋の最初のお客は、奥州の雄伊達家と決まりました。もちろん、事実ではありません。ですが、あのころにはよくあった話です。とくに十一代将軍徳川家斉の御世は多かった。

　そう、家斉には五十人をこえる子女がいたからです。いかに天下の徳川家といえども、跡継ぎは一人でよいわけで、残りは余ってしまう。現代のように、親の遺産は兄弟で平等にというわけにはいきません。将軍の座は一つしかないのですから。かといって、将軍になれなかった子供たちを放置するわけにもいきません。なにせ、天下人の血を引いているのです。まだ姫は楽です。そこそこの大名に正室として降嫁させればすみます。

　問題は男子でした。いかに徳川とはいえ十人をこえる男子に、将軍の息子にふさわしいだけの石高を分けることはできません。一人に十万石やっても、百万石をオーバーするのです。徳川の収入の四分の一が、別会計になってしまえば、天下の政は止まります。そこで、将軍の息子を押しつけるのに適当な家格の家を探しました。実子のいなかった大名はまだましでした。将軍の血族を当主とすることで取りつぶされることがなくなるのですから。しかし、立派な跡継ぎのある家は困りました。当主に妾を世話するのは、血筋を残したいからなのです。血は武家にとってなによりの価値でした。血筋の正統性は、武士にとって名よりも重い。いくら将軍家とはいえ、それを横取りしようとするならば、家臣たちは抵抗もします。とはいえ、嫌なら改易という脅しが幕府には使えます。事実、優秀な跡継ぎを病弱として廃嫡、泣く泣く家斉の子供を養子に取った大名はいくつもありました。

武士だけではありません。商人でも家を巡ってのもめごとはありました。いや、今でもまれにあります。有名な政治家や経済人、芸能人が亡くなった後、隠し子が名乗り出てごたごたした例は、皆さまもご存じでしょう。

では、ややこしいことになるとわかっていながら、どうして妾を求めたか。これも需要と供給だとわたしは考えます。

家を残すために側室を設けなければならなかった武家はおいて、商家などで功なり財をなした男たちは、なぜ妾を欲しがったのか。癒しなのか、男としての本能なのか……まだまだ駆け出し作家のわたくしには断言できませんが、妾を求めた者は多かった。また、江戸時代はそれが許された。

そして女のなかにも妾になりたいと考えていた者がいた。なにせ、妾は身を粉にして働かなくていい、寒中皹《ひび》あかぎれで泣かなくていいのです。旦那の機嫌を取り結び、閨でちょっと汗を掻くだけで、女中などよりはるかにいい給金と待遇がある。

形を変えた求人と求職……それに比していえば、怒られるかも知れませんが、江戸時代は……いや、戦前までは、この理屈がまかり通ったのです。

しかし、どこに妾を探している男がいて、どこに妾をしたい女がいるかはわかりません。まさか首から「求む妾」「妾希望」と書いた札を下げて歩くわけにもいかないのです。そこで出てきたのが両方を仲介する妾屋でした。

妾屋といっても、現実は普通に奉公人を紹介する人入れ屋、口入れ屋がほとんどで、妾屋は余技であったようです。物語に出てくる山城屋のような専門店はなかったと言えましょう。これは創作の一部としてお許しいただきたく思います。

男と女には性差を気にするようになった年齢から、死するまでずっと物語がついてまわります。純愛、憎悪、打算……指を折れば両手でも足りないでしょう。そのいくつかを紡ぎたくて「妾屋」というシリーズを続けて参りました。

ご存じのとおり、わたくしはシリーズを八巻から十二巻の間で完結させるようにしています。これは、集中力の続かないわたくしが惰性に流されてしまうのを戒めるためのものです。まだまだ読みたかった、もうちょっと見たかったと言って下さる方には、申しわけなく思います。ですが、これで妾屋が終わったわけではありません。いつか、より大きく舞台を変えて、皆さまの前に登場いたします。

偉そうに宣言しておりますが、これも読者さまに続編なんぞ要らないと言われてしまえば、それまでなのですが……。

少しの間、昼兵衛たちを放し飼いにしてやってください。

さて、これでしばらくお休みだと油断しておりましたら、編集長と担当編集A氏から「寝言は布団のなかで言え」と叱られてしまいましたので、近いうちに新シリーズを上梓させていただきます。今度はまったく趣向を変えたものになる予定です。構想はすでにできあがっております。
どうぞ、新シリーズも妾屋以上のご愛顧をお願いします。
最後になりましたが、読者さまのご多幸とご健勝、ご長寿を心より祈念しております。
ありがとうございました。

立春の日に

上田秀人拝

追伸　編集者各位
あとがきにありました二回食事を奢《おご》ってもらうと仕事をするという基準は、現在廃止となっております。あしからずご了承ください（笑）。

上田秀人「妾屋昼兵衛女帳面」シリーズ

第一巻
側室顛末

世継ぎなきはお家断絶。苛烈な幕法の存在は、妾屋なる稼業を生んだ。だが相続には陰謀と権力闘争がつきまとう。ゆえに妾屋は命の危機にさらされる。妾屋昼兵衛、大月新左衛門の死闘が始まった！

第二巻
拝領品次第

神君家康からの拝領品を狙った盗難事件が江戸で多発。裏には、将軍家斉の鬱屈に絡んだ陰謀が。嗤う妾と、仕掛ける黒幕。否応なく巻き込まれた昼兵衛と新左衛門は危難を振り払うことができるか？

第三巻
旦那背信

妾を巡る騒動で老中松平家と対立した昼兵衛は、新左衛門に用心棒を依頼する。その背後には、ある企みを持って二人を注視する黒幕の存在が。幕政の闇にのみ込まれた二人に、逃れる術はないのか？

第四巻
女城暗闘

将軍家斉の子を殺めたのは誰だ？　一体何のために？　それを探るべく、仙台藩主の元側室・菊川八重が決死の大奥入り。女の欲と嫉妬が渦巻く伏魔殿で八重は隠れた巨悪を炙り出すことができるか？

第五巻 寵姫裏表

大奥騒動、未だ落着せず。大奥で重宝され権力の闇の深みにはまる八重。老獪な林出羽守に搦め捕られていく昼兵衛と新左衛門。内と外で繰り広げられる壮絶な闘いが、ついに炙り出した黒幕は誰だ？

第六巻 遊郭狂奔

妾屋稼業に安息なし。昼兵衛と新左衛門は、八重を妾にせんとした老舗呉服屋の主をやり込めたことで恨みを買った。その執念は、ご免色里吉原にも飛び火。共に女で食う商売、潰し合うのは宿命か？

第七巻 色里攻防

妾屋を支配下に入れて復権を狙う吉原惣名主は悪鬼と化す。その猛攻に、昼兵衛と新左衛門、絶体絶命。八重の機転で林出羽守の後ろ盾を得たが、吉原は想像だにせぬ卑劣な計略を巡らせていた……。

第八巻 閨之陰謀

妾屋が命より大事にする帳面を奪わんとする輩が現れた。そこに書かれているのは、金と力を持つ男たちの情報。悪用すれば弱みにもなる。敵の狙いは一体？　その正体は？　妾屋昼兵衛最後の激闘！